ハヤカワ文庫JA

〈JA1257〉

シャーリー・ホームズと緋色の憂鬱

高殿　円

早川書房

7895

本文イラスト／雪広うたこ

目次

注:このお話はコナン・ドイルのホームズ譚を
現代に舞台を移しキャラクターの性別を女性にさせたものです

そんな仲良し二人の冒険譚
はじまりはじまり~

シャーリー・ホームズと緋色の憂鬱

登場人物

シャーリー・ホームズ…………顧問探偵
ジョー・H・ワトソン…………アフガニスタン帰りの軍医
ミセス・ハドソン………………ベイカー街221bの家主。電脳家政婦
ミスター・ハドソン……………ベイカー街221bの1階のカフェ『赤毛組合』のオーナー
ミカーラ・スタンフォード……ストランド誌の編集者
グロリア・レストレード………ロンドン警視庁警部
ビリー……………………………レストレードの息子
サリィ・デニス…………………ロイヤルロンドン銀行勤務
ルーシー・スタンガスン………アメリカ人旅行者
ノーマン・ネルーダ……………ヴァイオリニスト
エノーラ・ドレッバー…………製薬会社勤務
アーサー・シャルパンティエ……エノーラの婚約者
ジェニファー・ホープ…………薬局勤務
ミシェール
（マイキー）・ホームズ……シャーリーの姉。英国政府官僚
ヴァージニア・モリアーティ……数学者。プログラミングの権威

プロローグ

「アフガニスタンでは多くの傷兵の命を救いました」

と、私は目の前に居並ぶ聖バーソロミュー病院の人事部長以下三名に向かって言った。その日はたしか二〇一二年八月七日で、ロンドンはどこもかしこもオリンピック一色である。ここにいる三人も私の面接さえなかったらテレビの前に釘付けになっていただろう…、そんなことを思いながら居心地の悪いパイプ椅子に座っていた。

「第五ノーサンバランド・フュージリア連隊付き軍医補、メアリー・ジョセフィン・ハリエット・ワトソン。…元大尉」

「はい。アフガンには六年いました」

「ああ、陸軍の奨学金…。NHSもここですね。優秀ですね、ドクター・ワトソン」

私は自然と胸を張る。そう、自慢ではないが面接官の言うとおり私はなかなかに優秀だったのだ。なにせ今の世の中で一ポンドも払わずに医者になり社会に出た。学生達が学費値上げを受けてデモを繰り返すこのロンドンにおいて、私ほど親孝行で安上がりな子供はいない。

「除隊したのは、…なるほど、負傷された」

「運悪く足の甲を撃たれました。でも手術や手技にはなんの問題もありません」

私は椅子にたてかけてある手になじんだ杖を触った。もっともこの杖はアフガンで当時の恋人に教わった、日本の警察官が身につける棒術のためのもので、折りたたみ式なのだが、そこまで説明する必要はないだろう。

「長時間立っていることはできますか」

「もちろん。パーツのピギーバック・チームに入れていただけるのでしたら、四十二時間立てるか証明してみせます」

診療部長が私のジョークに笑ってくれた。もとより私は移植医ではないし、今日の面接は昼だけの臨時外来医の採用である。

「心臓外科に興味が？」

と言ったのは、有名な心臓移植外科のジョゼフ・ベル教授だ。私が医学生だったころはエジンバラ大学で教鞭を執っていて、年に何度も難しい心臓移植を行っていた。彼がオペした三十七時間にも及ぶ移植例を私はリアルタイムで見たことがある。いまはネットがあるためこういうことも簡単にできる。彼が現在バーツの外科部長の座に納まっていることには驚いた。

「止血の経験なら勤続六年医の倍以上はあります。動脈を縛るのもうまいですよ」

「ふつうの病院で臨床経験は？」

「Junior house officer をバーツで一年」

「あとは全てアフガンですか」

「……はい。でも、医療コースの実習や軍医訓練でヘルスセンターでの臨床カリキュラムも終えています」

私は慌てて付け加える。内地での臨床経験が少ないというのが、私の再就職を阻む一番の壁であった。なにしろ私は陸軍の奨学金を貰っていたから、当然のごとく六年間は軍医としてご奉仕兵役に就かねばならなかった。

ちょうど私がアフガンでばりばり働いていたころは、英国のアフガン派兵がさかんに行われているころで、アフガニスタン司令官として着任したばかりのサー・デービッド・リチャーズ大将が、ＮＡＴＯが敗退すれば世界各地の過激派を「劇的に活性化させる影響」をもたらすだろうとオバマを半ば恐喝して増兵を成功させていた。敵はタリバン兵士で、時折字も書けないような小さな子供が自分の肩までもありそうなエンフィールド銃をかついで襲ってきた。

懐かしい話だ。あの少年は骨が太くて筋肉のつきかたが陸上選手として理想的だった。いい足をしていたから、きっと鍛えればオリンピックに出られただろうに。

「できるだけ早く診療実務に就きたいのです。バーツは母校のようなものです。よろしくお願いします」

面接はうまくいった感触があった。私はうなずき、椅子から立ち上がろうとした。

「ああ、ドクター・ワトソン。あともう一つ」

「はい?」

「帰国してから、予備役にならず退役した理由は?」

私は一瞬問いかけの意味を把握し損ね、目をつぶった。あらゆる場所に冷や汗をかいていた。

今でもあのときのことを思い出すと体中の筋肉が石灰化したような感覚に陥る。

(何か言わないと)

息を吐く。ここは冷房が効きすぎていて、やや肥満気味の人事部長でさえ寒そうである。

「……………リバプールに親代わりの叔母がいて、調子がよくないので帰国しようと…」

うまく言いつくろえたかどうか自信はない。

結構です。と言われ、数秒前とはまったく逆の気持ちで部屋を出た。

シャーリー・ホームズと緋色の憂鬱

Shirley Holmes & a Depression in Scarlet

1

「たぶん落ちた」

というのが、面接を終えた私の正直な感想であった。

「えっ、どうして。なにか言われたの？　それとも給料がすごい安かったとか」

高校時代の旧友で、ロンドンの老舗出版社でストランド誌の編集を務めるミカーラ・スタンフォードが、早足で歩く私の後ろを顔をしかめながらついてきた。そもそも今日の面接は、彼女が知り合いのバーツ職員を通して段取りをしてくれたものだ。来週ストランド誌に今日私が面接を受けた医師の募集広告が載るという。

「ううん。途中まではうまくいってた。最後もいい感じにまとめられたと思う。でも…、これはただのカンだけど落ちた」

長らく戦場にいたからか、自分のカンにはそこそこ自信がある。なにもこんなところで発揮されなくてもいいのに、ロンドンに戻ってきてからも外れることはない。

——私ことジョー・H・ワトソンは、六年間のご奉仕兵役を終えて先月の半ばにアフガニスタンから帰国した。

もともと医学理念に燃えて医者を志したわけではなかったから、アフガンで『ちょっと嫌なこと』や『かなり嫌だったこと』、そして『忘れたいこと』『ショックのあまり記憶にないこと』が立て続けにあり、その上軍奨学金のご奉仕期間が満了したとなっては、帰国を躊躇《ためら》うものはなにもなかった。決して失恋したからとか、三年もほぼ恋人同然だった上級将校に現地妻扱いされたとか、ロンドンオリンピックを見たくなったからとか、そういう理由からではない。

高校時代に両親を続けて亡くした私にとって身内といえるのはリバプールに住む叔母だけで、その叔母が口ぐせのように『女は結婚しないとだめよ』と己の身を棚に上げて言うので、私は半ば結婚相手を見つけるためだけに帰国したようなものであった。

遺産もなく、親戚の叔母も年金暮らしで裕福なわけでもなかったから、医学部に進もうと思えば当然軍の奨学金を受けるしかなかった。最後の一年のJunior house officerは聖バーソロミュー病院で過ごし、そこでもNHSの奨学金を貰ったから、自分でもそんなにばかではないと自負している。

なのに、私の人生はちっとも上手く回らなかった。

三十一にもなるのに独り者で、しかも職もない。小銭稼ぎという意味では、私はアフガン駐留時代にちょこちょこ発表していたwebマガジン用ネット小説の仕事を持っていたが、これも私が退役するのと同時に、そこそこダウンロード数を稼いだ連載『ペシャワールでつかまえて』とかいうクソのようなティーン小説を終了させてしまったがゆえに、小説サイトを経営する会社からは新作を求められていた。

『ばかね。どうしてせっかくのヒット作を終わらせたりするのよ』

デジタル・ストランド誌の敏腕編集者であるミカーラはそう言ったが、私としてはあんなアフガンで暇つぶしに書いていたハーレクインもどきを、帰国してからも書き続ける気はなかったのである。

『そんなこと言っても今ロンドンで正規の職にありつくのはたいへんだよ。医者で軍人でしかも女なんて。どうして軍隊時代に結婚しておかなかったの』

結婚したいと思った人間にはことごとく振られたのだ、と説明すると人のいい彼女は言葉をなくした。

つまりこういうことだ。軍を辞めてロンドンで稼げるあてはいまのところ私にはない。六年しか勤めていない退役軍人の年金は年に£七〇〇。これだけではこの物価の高いロンドンでとうていやっていけるはずもないのだ。しかしながら私はロンドンを離れるつもりはなく、ましてやリバプールの叔母と同居するつもりもなかった。多くの経験から、周りに男がいない環境に身を置いてはますます嫁き遅れるだけだと考えていたし、私は田舎育ちの娘らしく都会が好きであった。

早々に安ホテルを出て住居を決め、職を得なければならないとわかっていても、私はなかなか動き出せないでいた。そのころロンドンの街はオリンピックの熱狂にあって、あれほどの盛り上がりぶりならば帰国すれば気も晴れるだろうと戻ってきた私のもくろみは成功しなかった。外が熱くなればなるほど、私は冷め、孤独だった。むろん六年留守にしたロンドンにはろくに友達もいない。

そういうわけで私はますます腐り、たまにワインを買いに出る以外は引きこもり、どこをつけてもオリンピックの放送しかしないテレビ番組のせいで、毎日部屋の中にいても世俗とつながることを避けていた。

そんな折、私がアフガンに行っている間も唯一連絡をとりあっていたミカーラが会おうと言ってきたのだ。

「ねえ、今日の面接の結果はミカーラの家に送られてくることになってるの。来たら教えてね」

「えっうちに？　じゃあ家は？」

「まだ決めてない」

一ヶ月ホテル住まいだったと白状すると、そんなお金があったらどうして安いアパートくらい借りておかないのと叱られた。

「まったく、ジョーはさ。昔から勉強はよくできるのに、肝心なところでぬけてるっていうか甘いよね。いいよ。結果が来たら連絡する。でもホテルは早めに引き上げなさいよ」

「実はもう引き上げてきた。お金なくて」

陸軍時代のボストンバッグを身をよじって見せる。実質私の全財産といったら、年金が支給される銀行口座をのぞけばこれだけであった。バーツを出て、途中ドラッグストアでタンポンとナプキンを購入したからさらにサイフは軽い。ロンドンに戻ってから初めて来た生理周期だ。女性の生殖器が正しく機能している事は喜ばしいが、久しぶりの重苦しい下腹部に気分までどんよりとする。

「で、ジョー、どこに泊まるつもりなの？」

「決めてない」

「決めてないって。今時ハンプシャーから家出してきた高校生じゃないんだよ！」

「じゃあ、ミカーラの家泊めてよ。一人暮らしなんでしょ」

「えっ、そ、それが……」

ミカーラは赤フレームの眼鏡の奥を恥ずかしそうにほんのり染めてうつむいた。

「今、あの…家に、ね……」

「あ、ごめん」

男か。

当てが外れた私は、力無くボストンバッグを道に下ろした。さて、今日はどこで眠ろう。所持金がまったくないわけでもなかったので安ホテルをとってもよかったが、そうすると私の性格からまた、ホテルに引きこもって堂々巡りを繰り返してしまいそうである。

その後、ホウボーン料理店でミカーラが夕食をおごってくれた。新作の打ち合わせだと彼女は言っていたが、正直前のように恋愛小説を書く気は起きなかった。あのころは自分が恋愛していたからああまですらすらと暇つぶしに書けたのだ。サワークリームオニオンをつついていたミカーラが、ふいにフォークを動かすのをやめて顔をあげた。

「そうだ。ジョー。あんたフラットシェアする気ある？」

「シェア？　だれかと一緒に住むってこと？」

なぜいきなりそんな提案をしてきたかと言えば、今日たまたまバーツに寄った際、前に仕事をしたことのある人間と再会したからだというのだ。

「変わった本をだしたがる人でね。私が担当したの。残念ながら内容がマニアックすぎて本にはできなかったんだけど」

なんでもその変人は、『犯罪捜査と犬の利用法』だの『ラサス多声楽曲』だの『人間の耳の問題』だの、まるで脈絡も関連性もない論文をいくつもミカーラのところにもちこんだらしい。

「彼女が言ってたの。いい部屋があるんだけど一人で借りるには家賃が高すぎる。だれかフラットシェアしてくれないかって。そういう募集を載せてくれる媒体はあるのかって。まあ大学にならたくさんありそうだけどさ」

「本当に？」

私は耳を疑った。昨日の今日――というよりは、友人宅に転がり込む当てが外れたのがついさっきの話である。

「あ、でも彼女、ちょっと変わってるわよ。シャーリー・ホームズというのだけれど」

「バーツのスタッフ?」

「理化学研究所の非常勤スタッフ――みたいなもの」

「みたいなものって、どういう意味」

「…ううん、実際どうなのかしら。私も正式には知らないの。ただほとんどバーツでしか会ったことはない。いろんな研究をしてるみたいだけど、この前は黙々と蜂の足についた花粉から花の咲いている場所のデータをとってたわ。ものすごい秀才なことは確かね」

ミカーラはちょっと困ったように何度も首を右に傾けた。この様子からして特に親しい相手というわけではないようだ。

「たしか、彼女の親族がアパートの家主だって言ってた。空き部屋があるからって」

「それなら話が早いじゃない。ねえ紹介してよ。家具付きならいうことなし」

「そうねえ、今日もまだそのへんにいると思ったんだけどなあ。またあとで電話してみる。ジョーは急いでるんだもんね」

彼女にしてみても、早いところ私の居場所が決まらないことには、ボーイフレンドと住んでいる家に招き入れることになってしまうと警戒したのかもしれない。ともあれ私は渡りに船とばかりにホームズ嬢の紹介を頼んだ。

BFを近くのスーパーで待たせているというミカーラを見送ったあと、私は重いボストンを再び抱えて聖バーソロミュー病院へと舞い戻った。私の記憶が確かでこの六年の間に大規模な増改築がなされていなければ、ここの研究所には私一人が寝るスペースがいくらでもある。そして古い建物ゆえにセキュリティがザルであることも知っていた。

病院について真っ先に私が向かったのはモルグである。その日死にたてほやほやの死体が置かれている地下の死体安置所は、家族の涙と惜別をたっぷり浴びたばかりの遺体と、だれにも顧みられないホームレスの遺体がまったく平等に並べられている。ここが救急病院のため遺体の身分も千差万別で、中には病理解剖待ちのものもいくつかあった。気の毒に、彼らは死んでからも医学生達のつたないメスによってその身を切り刻まれる運命なのだ。

「よっこらしょ」

私はボストンバッグを置くと、モルグの流しでひととおり顔を洗った。ロンドンは夏真っ盛りで連日最高気温を更新しているが、ここは地下でしかもモルグとあって冷房以上にひやっとしていた。

まだ学生だった頃、私は友人とよくここで眠り夜をあかした。アパートに戻ると家主が待ちかまえていて家賃を払えと脅すので、やむなくここに泊まっていたのである。寝具はないがかわりに遺体を入れる分厚いビニールの袋があって、これが寝袋に最適なのだ。

私は何食わぬ顔で空いているストレッチャーの上に新品の遺体袋を広げ、中にもそもそと入り込んだ。真横には物言わぬ遺体が永遠に覚めることのない眠りについていた。悲しいかな、死体と寝るのも慣れっこである。

少し好奇心が湧いて、死体袋のファスナーを開けてみた。

(ああ、女の子…)

私は思わずじっとその顔を凝視した。年齢は二十代前半。もしかしたらティーンかもしれない。思わずため息が漏れてしまうくらい綺麗な顔立ちの女性だった。マスカラの広告に出てくるモデルのようにまつげが長く、彫りが深く北欧の血が濃い。色は青ざめて真っ白(死体なのだから当然だ)。唇だけがほんのりとピンク色をしている。まだ化粧がとれていないのだろう。きっとガラスの柩に入った白雪姫ってこんな顔なんだ。

美人薄命って本当なんだな。私は心の中で好奇心に負けてファスナーを開けてしまったことを彼女に詫びた。おやすみなさい。せめて貴女のご家族や愛する人が貴女の分まで幸せになりますように。

私は再び死体袋の中に戻った。

戦地で暮らしてみてよくわかるが、死体ほど怖くないものはない。彼らはなにもしない。危害を加えることも突然敵に寝返ることもないのだ。肉体の老いと生命維持活動から解放された彼らは、ただただ安らかで無害な存在である。赴任したシャヒコット谷のキャンプでは救えなかった同志の遺体を清めたりすることはしょっちゅうで、救うためではなくまともな人間の姿で柩につめるために傷口を縫合した。ある夜、私がともに医療キャンプで過ごした兵士はイギリス人ではなく、月給二〇〇ドルのためにタリバンに銃を向けるチェチェン人だった。キャンプでその兵士に寄りかかって眠った。私は起きたが、私の枕になってくれた兵士は二度と目覚めることはなかった。眠っている間に撃たれたのである。

あの砲火の下、眠っているうちにミサイルが飛んできて死ぬかも知れない中で目を閉じる勇気に比べれば、モルグで眠ることなどなんでもない。

(さすがにちょっと神経がおかしくなってるのかも)

私は目を閉じた。ここは平和だ。砲弾の音も敵が口ずさむコーランも聞こえない。

数時間後、多くの人間がそうであるように私の眠りはレム睡眠に入り浅くなった。おそらく時間は朝の五時すぎだろう。時差ぼけはとっくに解消されたが、長年軍隊で過ごした習慣は身に付いていて私の朝は無駄に早い。

チャイコフスキーのヴァイオリン協奏曲が鳴り響いたのは、次の瞬間だった。

（えっ）

モーニングコールにクラシックなぞ優雅な曲をかけてくれるホテルに、私は果たして泊まっていただろうか。私はまだ糊の付いたまぶたのまま身じろぎし、自分がホテルのベッドとは正反対の場所で眠っていたことを思い出した。そうだ、ここはモルグだ。そして隣にいるのは昨夜ベッドを共にした（いるはずもない）裸のBFではなく、見知らぬ他人の死体──

「──はい。僕だが」

でもなく。

チャイコフスキーのヴァイオリン協奏曲ニ長調作品35が切れて、今度は人間の声がした。明らかに真横の死体袋の中から聞こえてくる。

……死体がしゃべった。

（うそでしょ⁉）

私は体を起こそうとして、いまの自分が蓑虫同然であることに舌打ちした。慌てて腕を出してファスナーを下げる。その間にも死体袋の中から声が続いていた。

「ああ、君か。わかってる。今日はこれからそっちにいく。今はバーツだ。……検査入院？　うんまあそんなものだな。選手村なんぞで眠れるはずもない。家以外じゃここが一番よく寝られるんだ」

死体はそんなことをのたまっている。

「少ししたら行く」

電話は切れたらしい。ということは、さっきのチャイコフスキーはモーニングコールではなく、携帯電話の着信音か。

（あの白雪姫、死んでなかったのか！）

まさか自分以外にもモルグで寝る趣味の人間がいたとは思わなかった。私が寝起きも相まってしばらくぼうっとしていると、死体袋の中から思いも掛けない声がかかった。

「すまないが、ファスナーを開けてくれると助かる」

「あ、はい」

有無を言わさぬ声に、私は急いで死体袋から抜け出てストレッチャーに近づいた。

ファスナーを下げると、昨夜見た美しい顔の目が見開いていた。青だった。正確にはブルーグリーン。生きている。

彼女は白雪姫というよりはまるで五千年の眠りから覚めたエジプトのミイラのように、

視線だけで私の顔をまじまじと見た。

「Congratulations」

私も彼女をまじまじと見た。

「なるほど。今日は二日目？」

言われている意味を理解して、私はぱっと顔を赤らめた。思わずデニムを触って経血が漏れていないか確認する。

「な、なんで二日目って」

「帰還兵」

「はい？」

「アフガンかイラク？——ああ、アフガンだ」

彼女が遺体袋の中から私のボストンバッグを見て言う。

「次の面接のあては？」

「えっ」

「バーツには採用面接で来たはずだ。次はどこの病院を？」

「えっ、えっ…なんで…」

まともな返事をしない私に彼女は焦れたらしく、死体袋から顔をだしたままのポーズでつらつらと所見を述べ始めた。

「君は軍医で、バーツで学んだこともある。だからここへ来た。陸軍の医療コースを終えてアフガンに派遣され六年、久しぶりにロンドンに戻ってきて旧友と連絡をとった。ミカーラ・スタンフォードは高校時代の友人。ロンドンに家族はいないが田舎に戻る気はない。違う？」

「違わない！」

私は先ほどの羞恥も忘れて思わず拍手をした。

「まったく違わないよ。だけどミカーラのことはどうして？」

「君と歩いているのを見た」

「まさか、ここの患者なの？」

「ジョゼフ・ベルの。昨日は診察を受けるはずだった。君の面接のあとだ。ジョゼフに会いにいったら、君と歩いているミカーラを見た」

私はぶしつけなのを承知で彼女の胸を見た。ジョゼフ・ベル教授の患者といったら、心臓が悪いに決まっている。

「そうか。同居するならなんでも話しておかなくてはね」

「ど、同居。同居って？」

「僕はシャーリー・ホームズ」

聞き覚えのある名前だった。たしか昨夜ミカーラが、同居人を探していると言っていた理化学研究所の職員がそんな名前ではなかったか。

「僕には心がない」

美しい目をした彼女は、いまだ死体袋の中に横たわりながら言った。

(心が、ない)

彼女はたしかにハート、と言ったけれど、それはなぜか臓器である心臓ではないほうの意味をさしているように私には感じられた。

「僕は毎日定期的に薬を飲んでいる。プレドニン、シクロスポリン、ミコフェノール酸モフェティルの錠剤を八錠」

心臓移植を受けたのだと確信した。移植患者はたとえその手術が成功しても、一生免疫抑制剤を飲み続けなくてはならない。彼女はジョゼフ・ベルの執刀した患者だったのだ。

「ミカーラから連絡が入っていた。友人が部屋を探していると。優秀で稼ぐあてもあるが現金はあまりないかもしれないから、家主として考慮してやって欲しいと書いてある。医者だとも。君のこととしか思えない。ジョー・ワトソン?」

私の名を呼ぶが早いか、彼女はまるで誰かに引っ張られるようにむくり、と起きあがり、あっという間に死体袋から体を抜いて、軽やかにストレッチャーの上に立ち上がった。その姿に私は唖然となった。赤い襟、夏には似つかわしくないダブルの金ボタン。足のラインが出る白のパンツ。いったいどうしてなのだろう。彼女は——私の予想が正しければ極めてきちんとした乗馬服を着ている。

右手には携帯電話、そして左手に持っているのは乗馬用の鞭だ。地下の遺体袋の中から乗馬服を着た貴婦人が出てくるなんて尋常ではない。

「な、なんでそんな格好…」

「ジョー。ヴァイオリンは嫌い？」

「い、いや、べつにそんなことは。すんごいヘタクソの弾くヴァイオリンはさすがに勘弁してほしいけど。…でもってその服」

「じゃあなにも問題ない。キッチンがちょっとした実験室になっているのは？　光学顕微鏡があるんだ」

「光学…、いったいなにを研究しているの？」

「人間だよ。『人類がまことに研究すべき問題は人間なり』。あと冷蔵庫は基本的に人間の食べるものは入っていない」

「じゃあなにが入ってるんだ！」

彼女が本当に聞きたいのかという顔をしたので、説明不要と手を振ってみせた。

「顕微鏡にヴァイオリン…。きみんちは大学の中にでもあるの？　めちゃくちゃだね」

「ベイカー街２２１ｂ」

ひょい、と彼女は軽やかに——心臓に欠陥があるとは思えないほど身軽にストレッチャーから飛び降りた。

「僕は見ての通り人工心臓で、一生薬漬けだ。一般人とはちょっと変わってはいるがちゃんと人間らしく毎日規則正しく起きて寝る。薬の時間をミセス・ハドソンが教えてくれるから時間を意識はする」

「ミセス・ハドソンて？」

「２２１ｂの家主」

「君が家主じゃなかったの？」

「それについては長い話になるからあとで話そう。今日の正午、ベイカー街２２１ｂに来てくれ。家賃は折半だから傷痍軍人の年金でもかろうじて払えるだろう」

彼女の視線が壁に立てかけられていた私の杖に注がれていた。歩行を補うためだけのものではないことに気付いたような目線だった。

「そりゃ部屋を決めるのは最優先事項だし、都心の部屋をフラットシェアなら願ってもないことだけど」

ところでなんでその服…と言いかけて引っ込めた。彼女がその正装乗馬服姿で優雅に礼をしたからだ。

「僕のほうこそ、ジョー。君と同居なら喜んで《My pleasure》」

ひゅ、と彼女の手にした鞭が空をなぶった。その音がかき消えるよりも早く、ミス・ホームズはカツカツとブーツの音も高らかにモルグを出ていった。

「…………なんだったんだ」

私はしばらく、自分がたったいま見たものが信じられなくて呆然としていた。やがて地下室の極めて天井近くにある明かり取りの窓から光が差し込んできて、私は今が朝であることを思い出した。

研究員が出所してくるまでにここを出なければと身支度を調え、急いで建物を出た。近くのコーヒーショップで特別美味しくもなければまずくもないホットサンドを胃に入れていると、ミカーラからメールがあった。昨夜はどこに泊まったのかと心配してくれている。

『えっ、バーツに泊まったの？』

出勤途中らしいミカーラからの電話は、聞き慣れたダブルデッカーのクラクションと雑踏音混じりだった。思いがけなくシャーリー・ホームズ嬢に会ったことを告げると、彼女は大いに驚いて、ついでこれはもう縁があるとしか思えないねと確信めいて話した。

「変わった人だよねえ。美人なのに男みたいな口調だし、遺体袋から出てきたと思ったら、時代劇の撮影中みたいなクラシックな乗馬服だし」

『ああ、それならしょうがない。理由があるのよ』

ミカーラはカフェのテレビを見るように私に指示した。いったい何事かといまだブラウン管のままのテレビを凝視すると、ちょうどオリンピックの乗馬種目が行われているところであった。ところは快晴のグリニッジ。馬場馬術の団体戦。

（あれっ）

自分の視力に大幅な欠陥がないのであれば、そこに映っているのは数時間前に別れたばかりの女性だった。間違いない。遺体袋の中から颯爽と現れた美しい乗馬服姿の――

（シャーリー・ホームズ!!）

「オリンピックに出てる!?」

結局、私はホットサンドとコーヒーが冷めるのも忘れてテレビに見入り、普段ならまったく興味も湧かない馬場馬術の決勝戦まで見通した。

＊＊＊

めでたいことにイギリスは馬場馬術個人メダル決戦、団体決勝ともども金メダルを獲得した。私は何度もテレビのキャスターが『シャーリー・ホームズ』という名を繰り返すのを聞いた。やはり今朝、遺体袋の中から出てきた女性に間違いない。とんでもない人と暮らすことになりそうだ、と思いながら約束のベイカー街221bを目指した。

約束の時間を過ぎたが、まだシャーリーは現れない。まあそりゃそうだ。相手はいまや金メダリストである。レセプションとか祝勝会とかいろんなメディアに引っぱり回されているだろう。

一階のカフェで待っていようと中に入る。本日二杯目のコーヒーを注文し、たばこの煙がないことに居心地の良さを感じながらぼうっと新聞を読んでいると、マスターらしい男性が近づいてきた。

「失礼ですが、お昼は？」

まだだと答えると、小ぶりのパンケーキがテーブルの上に置かれた。上には金色のハニーシロップとクリーム、ラズベリーソースとミントの葉でデコレーションされている。

とてもおいしそうだ。

「サーヴィスです」

「え、でも」

「お客様は綺麗な赤毛でいらっしゃいますので」

私は無意識のうちに髪をいじった。アフガンから帰国してからほうったらかしにしていたせいで、ショートだった髪型もいまはセミロングに近くなっている。マスターのいうように私は明るい混じりけのない赤毛で、長い間それがコンプレックスだった。そういえばマスターも赤毛だ。こちらはどちらかというと茶色に近い。

「私はスチュワート・ハドソンと申します。ちなみにここの店は『赤毛組合《Redsh Guild》』といいまして」

「はあ」

「赤毛の方はもれなくコーヒーが半額になります」

見ると、あまり広くない店内にいた客のいずれもが赤毛である。なんとも変わった趣向のカフェがあったものだ。

明らかにそのへんのスーパーで売られている蜂蜜とは違う、舌触りもなめらかなハニーシロップでパンケーキをひたひたにして口に運んでいると、急にマスターが私を呼んだ。

「ジョー・ワトソン様」

「はいっ？」

なぜ私の名前を知っているのか、という疑問は、次にやってきた驚愕に吹っ飛ばされた。

「お嬢様がお戻りです」

「は……い……？」

マスター・ハドソンは耳に手をあてていた。なんとインカムが耳に埋め込まれていた。いったいだれと連絡を取り合っているのだろう。というか、何故ただのカフェのマスターが、軍人ばりにインカムで外部と連絡を取らなくてはならないのだ。

「シャーリーお嬢様がお戻りになります。あと一分三十二秒後です」

言うが早いかカウンターの内側の火を消し、店の奥の客に一声かけて外へ出て行ってしまった。お代もまだなのにと私も慌てて追いかける。カウベルの音とともにドアを引くと、いまが夏だったことを思い出した。むわっと暑い外気が入り込むのと、ヒヒンという馬のいななきを耳が拾うのがほぼ同時だった。

「ミスター・ハドソン！」

頭上から知っているが聞き慣れてはいない女性の声が降ってきた。顔をあげるととんでもない光景が目に飛び込んできた。馬、馬がいる。そして馬にだれか乗っている。

（シャーリー・ホームズ！）

彼女は今朝遺体袋ののったストレッチャーから下りたようにさらりと馬上から飛び降りた。そして馬の手綱を待ちかまえていたマスターに手渡す。

「やあ、悪かった。ドクター・ワトソン。スチュワートには連絡しておいたのだけれど」

彼女は帽子と手袋を脱いでそれもマスターに渡し、大股で私に歩み寄った。

「まさか、グリニッジから馬できたの？」

「そうだが」

「八マイルはあるよ⁉」

「渋滞がひどくて、これが一番速かったんだ」

「よく警察につかまらなかったね」

「そう言えば後ろで誰かが何かを叫んでいたな」

意にも介さないとばかりにシャーリーは『赤毛組合』の店の真横のステップを上がり、221bのドアサインが掲げられた門をくぐった。もう百年以上前からそこにありそうな古びた真鍮のドアノブを素手で握る。

『──確認いたしました。どうぞお入りください』

　ビクッとなった。なんだろう、さっきの銀行の金庫のような電子ボイスは。

「ミセス・ハドソンはうちのセキュリティを一括管理している。たとえ窓を開けて寝ていてもうちでは泥棒被害はない」

　シャーリーがどうぞとドアを開けてくれたので、私は戦闘艦のＣＩＣにでも案内されているような面持ちで中へ足を踏み入れた。階段は上がるたびにギッギッと古い木材の軋む音がする。良く磨かれているアイアンの手すりとアラビック模様のような壁紙は、ロンドンによくある空襲を免れた運の良いアパートそのものだ。

　一言で言い表すなら、イギリス人によるイギリス人のための品の良い部屋。

「ここが僕の、いや今日から僕たちの部屋だ。こちらは居間。暖炉はいまも火をいれることができる」

　心なしか誇らしげにシャーリーが言った。なるほど、階段を上がった先の二階には、まず大きな窓が二つある居間があった。今は冷房がきいているらしく開け放たれてはいないが、風通しは良さそうだ。家具はすでに揃えられていて、使い込まれた絨毯と二人がけのカウチ、そして一人がけのどっしりとしたアンティーク調のソファが、映画のセットのためにあつらえられたように空間にとけ込んでいた。

素敵な部屋だ、と思った。こんな都会のど真ん中で、ビンテージ家具に囲まれて暮らすのは悪くない。

「君の部屋はこの上だ。僕の寝室はキッチンの奥。風呂はバスタブこそ古めかしいがその外はユニットで管理もしやすいし湯も出やすい。タンクが業務用で大きいのでお湯を溜めることだってできる」

「いいね」

「キッチンは見ての通りだ。ああ、いまはちょっとばかり私物が占領している。僕は料理はしないんだ。朝はミスター・ハドソンが簡単なものを運んでくれるから。ジョー、君の分も明日から頼んだらいい」

「えっ、わざわざ出前をとるの？」

「それも家賃に含まれている。君が特に料理が好きではなくて、いつも外食かテイクアウトですますなら幸運だ。ミスター・ハドソンの淹れるコーヒーは美味しい」

シャーリーは私を、この部屋でもっとも居心地のいいと思われる一人がけのソファへ座るように促した。自分はカウチに腰を下ろし、重たげな革のロングブーツを脱いでやれやれと足を伸ばす。

私は改めてシャーリーを見た。焦げ茶色の長い髪は、テレビで見たときは一つにまとめられハットの下に隠れていたけれど、今は豊かな量をたたえて彼女の肩を隠している。瞳の色はロンドンでも珍しい澄み切ったターコイズブルー。あまりにも透明度が高いので宝石のそれというよりは、どこかSF映画に出てくる電子色といったほうが近いかもしれない。わかりやすいところで言うと、スターウォーズのライトセーバーの色だ。もちろんジェダイのほうの。

（いったい彼女の仕事はなんなのだろう。プロの騎手？　でも心臓に疾患があってスポーツ選手をやれるはずがない）

時間が経つにつれて彼女に対する私の興味と好奇心はいっそう深まった。もとより彼女の整いすぎている容貌なり言動なりが、どんな不注意な人の目をもひかないではおかないのだ。身長もたっぷり五フィート七インチはあってモデルのように高いが、ひどく痩せているので実際よりもさらに高く見える。そして夏だというのにかっちりと着こなした乗馬服の下に見える真っ白な肌。手も顔も、ついさっきオリンピックという大舞台に出ていたとは思えないほど不健康なまでに白い。

すらりと長い手足にクラシックな正装乗馬服がよく似合っていた。目は大きく鼻はやや鷲鼻がかっているが、全体的にすっきりとしているので気にならない。改めて見ても美人だ。女優でいうとエヴァ・グリーンに似ているからフランス人の血も混じっているのかもしれない。

アンティークカウチの上で長い手足を伸ばして座るシャーリーは、どこか夜のロンドン塔にひっかかった三日月のようだった。絵のように印象的で、けれど美しいだけではない。

「そういえば、テレビを見たよ」

私は言った。

「オリンピックに出ているなんて。団体ではおめでとう。金メダリストがこんなところにいてもいいわけ。今日は祝勝会なんじゃないの？」

「僕はもともと、パラリンピックの選手なんだ」

シャーリーはカウチの上に――おそらくは彼女がいつもそうしているように――とぐろを巻いた。

「昨日の夜姉から連絡があった。団体の馬場馬術の選手が三人食中毒で倒れたらしいって。それで急遽僕が呼ばれた」

「って、補欠の選手もいなかったの？」

「補欠を入れても、三人欠けると団体は足りない。まさか補欠以外に声が掛かるとは思わないから、ほかの選手はバカンスに出かけていていなかったり準備ができてなかったりした。それで僕がいちばんマシということになった」

「いちばんマシって。ああ、そうかこの後すぐにパラリンピックがあるからか。——って、え、パラリンピック？」

私は肘置きを握って前へ身を乗り出した。

「言ったろう。僕には心がない」

やはり、彼女が言うとなぜか、「心臓がない」のではなく「心がない」と聞こえる。

「人工心臓なんだ。だから、昨日急遽ベル教授の診察を受けた」

「ああ、なるほど」

「レコール・ド・ソミュールのやつらに三連覇でもされたらイギリス馬術の恥だ。そのせいであらゆる方向から出てくれと頼まれて、嫌々出たんだ。金メダルは取ったし僕がいなくてもきっと取っていた。これ以上はつきあいきれない」

彼女はそっけなくそう言い放つと、私と彼女しかいない空間に向かっておもむろに言葉を投げた。

「ミセス・ハドソン！」

『――はい、シャーリーお嬢様《Milady》』

ビクッと私はソファの上で身じろぎする。

「え、な、なに？」

この声は聞き間違いでなければ、シャーリーがドアノブに触れたときに聞こえた電子ボイスだ。

「自己紹介を」

『かしこまりました。ミス・ワトソン。あるいはドクター。初めまして。私はミセス・ハドソンと申します。ここ２２１ｂのアパート全般を管理している家政婦です』

私がきょろきょろと辺りを見渡したので、シャーリーが付け加えた。

「ミセス・ハドソンは電脳家政婦だ」

「で、電脳？」

「プログラムというやつだよ。僕の心臓も彼女が管理している。もともとはそのために姉に作られた」

なんだか成り行きまでSFめいてきた。私はともすれば崩れそうになる思考を必死に立て直しながら、

「あの、姓が同じだけど、『赤毛組合』のマスターとの関係は？」

「夫婦だ。彼女たちは元々僕の家の家政婦と執事だった。不幸なことにミセス・ハドソンが亡くなって――」

私は驚いた。

「えっ、もう死んでるの！」

「当然だろう。葬式だってうちの家のチャペルでした。悲しかったけれど良い天気でいい葬式だった。そうだねミセス・ハドソン」

『その通りですお嬢様。立派なお式をしていただきました。ホームズ家の皆様には本当によくしていただいて。残念なことに夫はそう思ってはいないようですけれど』

あろうことか電脳家政婦は、自分の葬式をよかった、と感想まで述べている。あまりに奇妙な現象に目眩がする。

「まあいろいろあって、ここはミスター・ハドソンのものになった。彼が寂しいといけないので親しくしていた僕の姉がミセス・ハドソンを作った。普段スチュワートは『赤毛組合』のマスターをしていて、この部屋の家賃と店の売り上げが彼の収入になる。で

も、近年彼は体を壊してしまい、治療費が必要になったんだ。それでもう一人ルームシェアして家賃を入れてくれる人間が欲しかった。三階はまるっと空いていたからね」

いずれ三階にもキッチンとバスルームを作って独立させたいけれど、とシャーリーは言った。

「だからスタンフォード嬢に広告を載せられないか聞いてみた。それで君が現れたってわけだ。さてジョー、この部屋をどう思う？」

「うーん、まだ隅々まで見たわけではないけれど」

私は杖を置いたまま立ち上がり、キッチンへ向かった。驚いたことにそこは七〇年代風のレトロな色合いとタイル張りの空間であったにもかかわらず、最新式のドイツ製品が組み込まれた高機能さを誇っていた。コンロは電気で冷蔵庫も新しく、オーブンと食洗器まで備わっている。

そのまま階段へ進むと、脇にシャーリーの寝室があった。三階にあがると彼女の言ったとおり使われていない部屋が二つあって、そのうちの一つがベッドルームだった。手入れが行き届いているらしくルームランプの笠に埃はない。シーツも新しくすぐにもここで眠れそうである。

「家具付きで助かる。実際のところ荷物はこれしかないんだ」

私は居間のソファへと戻り、杖でアーミーボストンをついた。実際のところ、部屋を確認するまでもなく私はこのすばらしいフラットで同居人を得て生活することになんの異論ももってはいなかった。

「じゃあ、いいのか」

「いいね」

私は二つ返事で頷いた。シャーリーは出会ってからはじめてうれしそうに顔をほころばせ、おやこんな顔もできたんじゃないかと私を驚かせる。彼女が提示した家賃はここがロンドンの中心部ということを考えても驚くほど安かったが、彼女は同居人は私がいいんだときっぱり断言した。おそらくそれは彼女が心臓疾患もちで、専門医ではないにしろ私が医者であり、薬漬けの上にあらゆる意味で非日常であろう彼女のライフスタイルに対して、免疫をもっているからだろうと思われた。

その日のうちに私は彼女と約束をとりきめ、この221bでの生活をスタートさせた。

2

砂にけぶる空の先もそのまた砂だ。紙トレイの上に山盛り盛られたポテトも、ケチャップをかける前に砂が混じる。ザンギン地区キャンプでは、たしか将校クラブで出される食事はイタリアンがおいしかった。

戦場といってもごくふつうの街だ。真っ白いカフタン姿の子供達に混じって、黄土色のアニマル柄迷彩服が街のそこかしこに見える。ブルーのユニフォームが目に鮮やかな少年サッカーチームもいた。

たくさん死んだな。

夢の中なのに、そんなことを思っていた。悪いことばかりじゃなかったように思う。英軍はどこかの兄弟軍よりアフガンではよっぽど役に立つ働きをしたし、兵士も規律がとれていて優秀だった。今までSFの世界でしかお目にかかれなかったスウェーデン製のミニ監視ドローンは実用化された。同僚でライフル狙撃の世界記録を出して勲章を貰った軍曹もいた。

——勲章を辞退するというのですか。

驚きと納得の入り交じったあの顔を、どう表現したらいいのかわからない。戦地の医者というのはとにかく死を一度に大量に見るものだが、とりあえず私はアフガンで人を殺しすぎた。

『おはようございます、ドクター』

ピピピピピピという電子音が耳の奥のそのまた奥から聞こえる。続いてまぶたの上から強烈に光が差した。カーテンが開けられたのだとわかる。私の住むフラット、ベイカー街221bは極めてクラシックなアパートだが、朝の光と朝食は最新式にやってくる。

「……うん、ああおはよう、ミセス・ハドソン……」

ああふ、とあくびをかみ殺す。

『ただいまの時間は午前九時五十七分。ロンドンの天気はくもり。摂氏十二度、湿度は三十八パーセントです。午後五時すぎに小雨の予報あり。あと三分十五秒後に夫が一階からコーヒーとハニーケーキをお届けにあがります』

このように、毎朝私とシャーリーは、221bの有能なる電脳家政婦ミセス・ハドソンのモーニングコールによって目覚める。私と同様ミセス・ハドソンにたたき起こされたらしいシャーリーが、いまだ眠りの淵から片足を抜け切れていないという表情でリビングへやってきた。

「おはようシャーリー」

うん、と彼女は短く答え、長い髪をもしゃもしゃと手でとかしながらキッチンの椅子に座った。

一緒に暮らし始めてみても、シャーリーは同居人として難しすぎる相手では決してなかった。日常は物静かで起床はやや遅めだが規則的だった。薬の時間もあって夜は早く、十時すぎまで起きていることは滅多にないし、朝は十時ごろにガウン姿で目をこすりながら起きてきて、『赤毛組合』からの出前である朝食を食べた。それからはバーツの研究室に行くこともあるし、日がな愛用のカウチの上にとぐろを巻いて、口も利かずに筋肉一つも動かさないでじっとしていた。

そんなとき、たいていは彼女は高性能のコンピューターであるミセス・ハドソンと同期して、世界中のありとあらゆる情報を得るため、電脳の海に沈んでいるのだった。どういう仕組みになっているのだか知らないが、寝ている彼女の真上に、ホログラムのパネルがいくつも現れ、それが世界のリアルタイム株価だったり、中東情勢だったり、最新の新華社通信発表であったり、テキサスの田舎のスーパーで今週もっとも売れたレトルト食品の統計であったりした。

（もしかしたら、シャーリーの心臓はほんとうに機械で、彼女は人型のコンピューターそのものなのかも）

青白いホログラムパネルが点滅し、その脇で小さく彼女の体温と脈拍数、それに心電図がピッピッと電子音を弾いているのを見るにつけ、私は今時SF小説にもないようなことを考えずにはいられなかった。なぜなら、シャーリーは時折私がぎょっとするほど自分の人生に対して冷淡であることがあるのだ。

「化粧品？　もってない。したことがない」

私がある時話題に困って、女子同士の定番である化粧品やダイエットや（彼女には必要ないものだろうが）好きな俳優やミュージシャンの話を振った際、彼女はひどくそっけなくそう言い放った。

「えっ、化粧をしたことないの。今まで一度も？」

「一度も」

モルグで眠っているシャーリーを見て口紅だと思ったのは、地の色だったというわけだ。私は彼女の実年齢が二十七歳だということに驚いた。まるでプロファイラーのように観察眼に優れ何本も論文を書いているらしい彼女は、驚くべき物知りであると同時に、一面著しく無知であった。私がジュード・ロウがセクシーでラブリーで好きだというと彼女は極めて無邪気に、それが何者でどんなことをした人であるかを尋ねた。

だが、そんなのはまだよいとして、偶然のことから、彼女がブラジャーをしていないのを発見したとき、私の驚きは頂点に達した。この二十一世紀に生きる若い未婚の娘でブラジャーをしていないものがあろうとは、あまりに奇妙で信じがたかった。

「ジョー、驚いてるね」

「驚いてるよ！　どうしてしてないの」

「必要ない」

「胸が垂れるよ」

「垂れるほどない」

即答された内容は残念なことにしごく説得力があった。服の外から見てもシャーリーのバストは大きく見積もってもせいぜいBカップだ。

「まさか、下もはいてないわけじゃ…」

「それははいてる」

「よかった」

私は時間が有り余っていたことをいいことに、彼女に対して最新のファッションだとかメイベリンの新作マスカラとか、The Jonathan Ross Showのゲスト出演者がだれかとか、アフガンで私が常々興味を持っていた内容について話しかけた。だが、そのどれをもシャーリーは「知らない」という言葉で返すのみ。

「まったくジョー。君はちょっと前アフガンで砂埃にまみれていたくせに、どこでそんな情報を仕入れていたんだい。ああ余計な知識を増やしてしまった。これは早々に外付けHDに収納しなきゃ」

あろうことか彼女は、私の話す話題をどれもくだらないと言い放ち、脳内に記憶しておくのもばかばかしいから忘れたいと言い放ったのである。

「じゃあ、シャーリーは好きな俳優はいないの？　コメディアンとか」

「いない」

「じゃあ当然恋人は」

「いない、必要ない」

「もったいない。そんなに綺麗なのに」

彼女はちょっとだけ顔をしかめた。

「君の言うどれもこれも僕の仕事に必要ないものだ。よって脳内の仮想メモリからは消去する。ミセス・ハドソン。さっきのジョーの台詞をZランクのフォルダへ一時的に移動」

じゃあその君の仕事というのはなんなのだとよっぽど尋ねてやろうと思ったが、そのときの彼女の態度には、どこかそうした質問を歓迎していない様子がみえたので私は控えた。

代わりによくよく彼女の観察をすすめてみれば、なるほどこのシャーリー・ホームズという女性は一風変わった生活スタイルを貫いているようだった。一緒に住み始めて最初の一週間ばかり、彼女に来客もなければ仕事に出かける様子もなかったので、私はシャーリーもまた私同様無職の引きこもりなのだろうときめかけていた。だがまもなくそれは思い違いで、彼女には実に難しい仕事がひっきりなしに舞い込んでいることがわかった。

ある時など彼女の携帯が鳴ったかと思うと、三日連続で出かけていき、帰宅が十時を越えたことがあった。かと思えば家でカウチの上に横たわって、発見されたファラオの石棺のように身動きひとつせず、ミセス・ハドソンとつながっている。来客といえばたった一度、中華系の血がはいっている風の切れ長の目をしたスーツ姿の女性がシャーリーを迎えにきた。どうやらシャーリーの携帯に着信を残しているうちのほとんどが彼女からだということらしかった。

「僕は世界にただ一人の半電脳顧問探偵なんだ」

ある朝、『赤毛組合』からの出前であるハニーケーキに嬉々としてナイフを入れながら、シャーリーは言った。私は朝は目玉焼きをのせたパンケーキを一枚食べるのみだが、シャーリーは蜂蜜をたっぷり掛けて溺れそうにしてから食べる。なにか一仕事終えるたびにパンケーキは積み重なっていくので、その高さによって私は彼女の仕事の進捗状況を知ることができた。

ちなみに、今日は五段だ。これを崩さず二階へ運びきったミスター・ハドソンはなかなかのバランス感覚の持ち主だ。

「顧問探偵？　私立探偵ではなく？」

「オープンにしてはいない。見ての通り僕はこんな体だし、きっとこれからも遠くへいくことはないだろう。ロンドンだけが僕に許された行動範囲なんだ。ロンドン市内なら221bからミセス・ハドソンが僕をサポートしてくれる。一度仕事に集中するあまり、現場で薬を飲むのを忘れたことがあったんだが、ミセス・ハドソンが直接僕の心臓にコールしてくれて助かった。ロンドンにさえいれば僕は心臓発作で死ぬことはない」

シャーリーの話によると、彼女の仕事は主に民間の興信所から紹介されてくる客か、スコットランドヤードの刑事が持ち込んだものだという。

「まさか、警察が民間人に事件の詳細をそう簡単に漏らすはずはないじゃない」

「まあ、ふつうはそうだろうね」

でも自分は違うんだといわんばかりである。

「昔、某王族の結婚式に使う王冠が紛失したことがあった。長らく王室がシティ・アンド・サバーバン銀行に預けていたものだ。そのときはヤード総動員で世界中を探し回ったがいっこうに見つかる気配はない。たった一日前にはあったものが忽然と姿を消したんだ。時間が経てば外国に持ち出されバラバラにされてしまう。焦った銀行の頭取と王室から僕の姉を経由して僕に依頼があった。僕は見事に王冠を取り戻した。まあ、表向きはヤードに功績を譲ってやったんだ。いつも九四年のフォードで僕を迎えに来る女がいるだろう。彼女はグロリア・レストレードといってヤードの切れ者警部だ。あの歳で女で警部まで上り詰めたから出来る部類にはいるのだろうが、僕に言わせれば脳みそはつまっているくせに頭を使ってない。観察という才能を磨いていないんだ。その観察力を補うべき知識も不足している。しかも圧倒的に」

あの女性は刑事だったのか、と頭の中に来客を思い描いた。保険の営業員かなにかだと思っていた。

「それで、特例としてヤードの手伝いを？　王室もいいと言っているし？」

「まあ、そういうことかな。この部屋を出なくてもいい仕事といえばそれくらいしかないんだ」

「まさか。だって君は刑事や現場を見て回ったプロの私立探偵たちでさえよくわからない問題を、この部屋から一歩も出ないでちゃんと解決できるっていうの？」

「そのとおり」

言って、ナイフを持ったままの手で天井を指さす。

「ミセス・ハドソンは数分でSIS《サーカス》のデータベースをハッキングできる。ヤードなんてちょろい」

つまり、彼女に隠し事をしても無駄だとわかっているからこそ、あのヤードの女刑事は彼女を安易に頼ろうとするのだろうか。それとも王冠紛失事件でシャーリーの実力を高く評価して…？　それとも彼女の観察眼が特に優れているから…？

「ありえない」

「どうして？　僕たちが初めてモルグで会ったとき、二日目でアフガン帰りでしょうと言ったら驚いていたじゃないか」

「あんなの、アーミーボストンを見たらすぐにわかるじゃない」

「――ふうん。信じてないのか。たとえばここに一人の三十代にさしかかったばかりの女性がいる。アーミーボストンに入るだけの荷物しかなく宿無しとくれば、ロンドンに着いたのはついさっきか、ホテルに泊まる金がいよいよ尽きたかだ。命令されることに慣れていて、手首や首が日焼けしているという点から、軍人だということはわかる。アフガンかイラク。この時期に帰還兵となるのはどっちだ。――そう、アフガニスタン南部のヘルマンド州の州都ラシュカル・ガーの治安権限をアフガニスタンに委譲することが決定されたのは去年だから、アフガン派兵はいまごろ帰国を許されているだろう。ならアフガンだ」

ラシュカル・ガーの治安権限なんてことを民間人のシャーリーの口から聞くとは思わなかった私は少なからず驚いた。

「生理用品をお徳用パックで買ったのは手持ちがなかったから。つまり君は昨日久しぶりに生理周期を迎えた。タンポンとナプキンを両方買ったということは、経血の多い期間はこれからってことだ。だから二日目」

ドラッグストアで買ったままだったタンポンの箱を思い出して私は顔を赤らめた。あそこは検体用のモルグだから、朝になるまでだれも近づかないと油断していたのだ。ボストンバッグの中にでも入れておけば良かった。ああ恥ずかしい。

「アーミーボストンを持っていて病院へ面接に来たのなら医者か看護師の採用。だけど、ストランド誌の編集者と歩いていたのなら十中八九医師。陸軍の医師でその若さで帰国したということは、元々軍隊に入りたかったわけではなく奨学金目当て。つまり親か親族がおらず財産もなく進学する時に学費をまかなえなかった。ストランド誌に医師の募集広告が出るのは来週だから、ここへきたのはスタンフォードの推薦。その荷物だと宿もない状態のようだから真っ先にここへ来たんだろう。時間からして採用面接はここが最初だ。スタンフォードが推薦するっていうことは元々ここで勤務の経験がある。聖バーソロミューでインターンシップをした――ここから通える距離に下宿があったということで大学はロンドン。その後陸軍の医療コース。アフガンへは奨学金のご奉公。…違う？」

「違わない、すばらしいよシャーリー。ドラマみたい！」

私はコーヒーを飲むのも忘れて彼女を絶賛した。私が心から驚嘆しているのを見て、シャーリーは悪い気はしなかったらしい。五段だったパンケーキがあっという間に三段になった。

「ついでに言うと、君に日本の棒術を教えたのはアフガン時代のＢＦか」

「ああ、やっぱり気付いてたんだ。そうだよ。そのとおり」

私はうれしくなって椅子に立てかけてあった杖をまるで折りたたみ傘のように短くしたり長くしたりした。

「足を撃たれる前、日本に行ったことがある同僚から習ったんだ。射撃も好きだけど拳銃を持ち歩くわけにはいかないからこれをね。今日みたいに古傷のせいで少しふらつく日もあるし、実際痴漢撃退にも便利だよ」

「アルミニウム合金製の護身用三段バトンか」

「日本製でとっても丈夫なんだよ。軽いしね。一見杖にしか見えないんだけど、うまくヒットさせたら十分に頭蓋骨を陥没させられる」

言うとシャーリーは一瞬顔をしかめ、

「僕も日本の武術には心得がある」

「本当に？　そんなことをして心臓は大丈夫なの？」

「体力がなくても最低限身を守るのに便利だと姉にすすめられた。ヤードとロンドン中を駆け回るのが仕事だ。いくら省エネを心がけても体力は必要になる」

「ふうん、ヤードとねえ。それにしても値上がりした税金が君の給料になっているなんて思ってもみなかったよ」

「僕は警察じゃない。国から金なんてもらってない。まあ王冠事件のときは銀行と王室からそこそこの礼金は貰ったが、基本的に無給だ」

「報酬を貰ってないだって⁉　じゃあ君はどうやって暮らしているの。ここの家主はミスター・ハドソンなんでしょ」

私は目の前で頬をわずかに緩めながらハニーケーキの残りのタワーを崩しに掛かるシャーリーを凝視した。

「まあ、どうとでもなる」

「ならないよ。着る服だって食べるものだって、ここの家賃だって」

「どうにかなってる」

「そんな行き当たりばったりな若者が増えてるって、毎日テレビが嘆いてるの知ってる？」

私の小言をシャーリーはまるで母親に叱られる子供のようにうるさげに聞いていたが、実際のところ彼女のいうとおり、彼女は着る服にも食べるものにも困ってはいなかった。

というのも、数週間に一度、２２１ｂのシャーリー宛てに山のような荷物が送られてくる。中はアクセサリーや帽子や洋服がほとんどで、私はそれらの大部分がボンドストリートに店を構える一流ブランド品であることに卒倒した。

「シャーリーって、お嬢様なんだ」

そう言えば、シャーリーの話す言葉はどこか男っぽく、劇画チックで堅苦しい。そのくせ〝公共の場所では使わない言葉《politically incorrect words》〟もRPもいっしょくたに話すのだから、品がいいのか悪いのか。オリンピックに出られるほどの乗馬の腕前で、しかも家に家政婦と執事がいるのだから、きっと古くはジェントリか貴族の出なのだろう。

「送ってくれるのはお母さん？」

「母じゃない。姉だ」

「ああ、君との会話によく出てくるお姉さんね。いい人だね」

とたんにシャーリーはいつもの気むずかしい表情になり、たった一枚になったパンケーキに山盛りのクロテッドクリームを塗りつけた。

「いい人なものか。姉がこんなものを送りつけてくるときはたいがい英国の危機だ。いまにきっと重大事件が舞い込んでくる」

それは極めて不吉な予言だが正しかった。というのも、私がコーヒーを飲み終わるより早く、一階のドアブザーを鳴らす者が現れたのだ。こんな朝早くにいったいだれが、と顔をしかめたところ、

『シャーリーお嬢様にお客様です』

ミセス・ハドソンが住人達に来客を伝えた。

「名刺をいただいてくれ」

『スコットランドヤードのグロリア・レストレード警部がお見えです』

「――一人か？」

『ご子息のビリー様も同伴されています』

最後の一枚を名残惜しそうにぺろりと平らげてシャーリーはため息をついた。

「お引き取りいただいてくれ」

ところが、その返答とほぼ同時にリビングのドアが乱暴に開かれた。私たちのささやかで楽しい朝食の時間は終わりを告げる。

「ごあいさつだな。君の欲しがるお土産を持ってきたのに」

突然の侵入者は手にした警察手帳を目の前でヒラヒラさせながらやってきた。ミセス・ハドソンの伝えてきたとおり、来客はグロリア・レストレード警部その人だった。歳は四十を越えたか越えていないか微妙なところ。以前私は一度だけこの部屋で顔を合わせている。あのときはろくに自己紹介もしないまま（彼女がすごく急いでいたのだ）、シャーリーを拉致する勢いで去っていった。

「こちらは？」

「僕の同居人だ。ジョー・ワトソン」

「へえ、それはそれは。モーニン、お嬢さん」

切れ長のアーモンド・アイが物珍しそうに私を見た。名前からは想像もつかないが、レストレード警部は見るからに中華系で髪も黒い。彼女の背後にちんまり立っている息子のビリーは髪の色は母親と同じだが目がアッシュグリーンだ。くせのないまっすぐな黒髪をひとまとめにしてくくり、化粧っ気のない顔にウールのジャケットコート、細身のパンツスーツ。シャツが見るからに形状記憶のものなのでユニクロ愛用者だ。親近感がぐっと湧く。

「で、君がご子息を連れて朝から我が家へやってきた意味は？」

「今日頼むはずだったベビーシッターが急にだめになったんだ」

「だからってなんでここへ？　意味がわからない」

「ロンドン一優秀なベビーシッターがここにいるだろ」

とは、当然ながらミセス・ハドソンのことらしい。いつのまにかビリーはリビングにあるテレビの前に陣取って、ジャパニーズ・パン・ヒーローのアニメを楽しんでいる。

「２２１ｂは託児所じゃない」

「そんなこと言ってもロンドン警視庁は忙しいし犯罪者は元気だ」

「いつも同じ事を言って僕をビリーのお迎えに行かせるのはやめろ」

いつも迎えに行っているらしい。

「冷血漢め。あの天使のようなビリーがかわいそうだとは思わないのか」

「あいにくだが僕に心はない。機械仕掛けのまがいものだからね。よってビリーに同情する余地は皆無だ。だいたい君の前の夫がアルコール依存症になったのは君が仕事仕事でほとんど家に寄りつかなかったせいだし、そんな夫を逆DVでどつきまわしたあげく真冬のロンドン橋の下に捨てて凍死させそうになり、前夫から殺人未遂で訴えられたのは君のせいであって僕のせいじゃない」

（それはひどい）

私は思わずレストレードをじっと見た。彼女は嫌そうに顔をしかめて私の視線を避けた。

「ロバートをロンドン橋に捨てた件は不起訴になった」

そういう問題ではない。

「もっと言うなら君は母親業真っ最中のくせに警視庁で一番忙しい部署に長くいすぎだ。ビリーのためとか言うなら交通課とか人事課とか定時に帰れる部署に異動願いを出したまえ。いや……ああそうか」

シャーリーは膝の上においていたナプキンで口元をぬぐい、たたんで脇に置いた。

「そういう部署には前の恋人がいる、と」

「……あいかわらず、おまえの前じゃプライバシーは皆無だな。〝シャーリー・アンドロイド〟」

時々シャーリーの周辺にいる人間は、私も含めて彼女の冷淡ぶりを表してこう呼ぶことがある。〝シャーリー・アンドロイド〟と。それに対するシャーリーの反応はいつも決まっていた。

『仕方がない。僕には心がない』

「ともかく、いますぐ来てくれ。ニュークロスで殺しだ」

「数は？」

「喜んでもいいぞ。それがまったく同じ方法で四人だ」

「大量死？」

「違う。同じ方法で、ほぼ同じ時刻に女性ばかり、違う場所で死んでる」

その瞬間、シャーリーの目の光量がいちだんと増した。表情は変わらないが彼女が喜んでいることがわかって私は驚いた。この極めて美しい妙齢の女性は、本当に人の情を解さない機械仕掛けのハートをもったアンドロイドなのかと思うほどに。

「来るか？」

「もちろん、──喜《My pleasure》んで」

シャーリーは嬉々として椅子から立ち上がり、大股でリビングを横切って奥の私室からジャケットと真っ白のコートを持ってきた。そしていつもしている手袋をきっちりはめ、外出用のロングブーツに履き替えてさっさと出て行こうとする。

「ちょ、ちょっと待った！」

私は慌てて二人を呼び止めた。揃ってドアの方を向いていた彼女らが私を見た。

「ちょっと、本当にあの子置いていくの？」

「なにか困ったことが？」

シャーリーがそう言い、レストレードが少し怒ったように両手を腰に当てて付け加えた。

「うちの息子はおとなしくて手が掛からない天使のような良い子だぞ」

「そうじゃなくて、良い子であっても私は…その、子供が苦手なの！」

社会不適応者を見るような目つきで二人が私を見る。その顔はまったくもって不本意ではあったが（逆DV警部とアンドロイド探偵にそんな顔で見られたくない！）、私は必死に弁解した。

「無理無理。子供なんて無理」

「じゃあ、出かければ」

「なんで私が自分の部屋をでなきゃならないの。それに一日いないつもりでしょ。このまえもそうだったもん。外でゴハン食べる余裕なんてないよニートなのに！」

元々子供はあまり好きではなかったし、小児科を専門にするつもりもなかった。私は子供の泣き声が苦手なのだ。軍医をしていて一番よかったのは子供の患者が一人もいなかったことだと思っている。

それでも、アフガンでは嫌なこともたくさんあった。まだ小学校に通っているような歳の子供の死体が積み上げられているのを何度も見たし、真夜中に私の眠るテントに銃を盗みにきたのは子供だった。これあげる、と言われて手渡されたのがパイナップル型の手榴弾だったこともある。あのとき、ピンが完全に抜けていたら私はいまここにいなかった。

「ゴメン、でも本当に無理。子供は無理」

鬼気迫る私の様子を見て不審に思ったのだろう、シャーリーはレストレードと顔を見合わせ、ぼそっと言った。

「じゃあ、いっしょに来る？」

——かくして、私がそののちペンをとってこの事件の詳細を探偵小説としてまとめることになる、私とシャーリーの出会いの物語『緋色の憂鬱』事件は始まったのだ。

3

シャーリーはレストレードが運転してきたフォードには乗らず、アパート前でなにかを待つ風だった。てっきりタクシーでも捕まえるのかと思ったが、しばらくして私たちの目の前に停まったのは純白のコンチネンタルフライングスパーだった。

少なくとも私は今まで雑誌の中でしかお目に掛かったことはない超高級車だ。

「な、なにこれ、ベントレー!?」

「うちのタクシーだ」

黒のベレー帽、純白のウールコート姿も目にまぶしいシャーリーが何でもなさげに言う。私は庶民代表として異を唱えずにはいられなかった。

「うちの!?　いまうちのって言ったね？」

「言った」

「どこの世界にリムジンのタクシーがあるんだよ！」

「ここ」

「ここって！」

「僕と君の住む現実世界だ、ジョー。はやくログインしろ」

「浮き世の辛さなんてとっくに身に沁みてるよ」

「じゃあ課金しろ。バージョンアップが必要だ。君のＯＳは六年前から更新されてない」

ごもっとも過ぎてぐうの音も出ない。

彼女が彼女の言う真っ白なタクシーにさっさと乗り込んでいったので、私は慌てて後部座席に続いた。ぷん、と革の匂いが鼻をよぎる。めったに嗅ぐことはない高級車の匂いだ。

「これも君の家の車？」

「僕の車だ。マイキーのお下がりだけれど。彼女はミュルザンヌを買ったのでいらないと」

「お姉さん？　さっき言ってた？」

「名前が気に入って衝動買いしたらしい。まあ、彼女の職場で起きている事件の大きさは買い物の額に比例する」

「どういうこと？」

「あ る日このベントレーを送りつけてきたと思ったらリーマンショックが起こった」

私はいつもの倍速で瞬きをした。

「じゃあ、彼女が家を買ったら？」

「女王が離婚する」

とんでもない話だ。

シャーリーは高い鼻を隠すようにして顔の前で指を組んでいた。防弾仕様のマジック
ミラーガラスにうすく映り込んだ横顔は、冬しか知らない遠い国の人間に見える。彼女
は私にああ言ったが、彼女こそここにいながらどこか浮世離れしていて現実感がうすい。

(どうしてだろう。彼女はたしかにここにいるのに)

人工心臓を持っているからだろうか。皆が言うように心がない〝シャーリー・アンド
ロイド〟だから？

「ミセス・ハドソン、前の車を追ってくれ」

するとすぐ側で聞き慣れた電子ボイスが響いた。

『了解致しました、お嬢様』

「えっ、いまの誰が喋ったの？」

バックミラーに映り込んだ運転手の顔と運転席を交互に見る。運転手はどう見ても男性だ。というか、カフェのマスターだ。てっきり本人が乗っていると思っていたのに。

「それは人形」

「人形？」

「今僕が話している相手は221bのミセス・ハドソン。この車も彼女が運転している。オートマティックだ」

「で、この運転手さんは人形？　ただの見せかけってわけ？」

「だれも乗ってない車がロンドン中を走ったら大騒動になるだろう」

そんなこともわからないのかという顔をされた。が、しかし、

（全てが規格外のシャーリーのことだ。どうせ当初はそんなことまで気が回らなくて大騒動になったに決まってる）

容易に想像できすぎる。

「へえ人形。しかし良くできてるね」

後部座席から運転手の横顔をまじまじと見つめた。たしかに瞬きはしないし顔もゴム製だが、髪は本物で近くで見ても見間違うほどだ。

「日本製だ」

「どうりで。わざわざミスター・ハドソンそっくりに作るなんて凝ってる。すごいサーヴィスだね。どこの研究所に依頼したの？」

「ダッチワイフ製作会社に注文した」

シャーリーは自信たっぷりに言い放った。

「…………」

アイムソーリ、と聞き直す。

「ダッチワイフ製作会社に注文した」

「——what?」

三度聞き直したが、返事は全て同じだった。

ゴム製のダッチワイフが運転するリムジンに乗っている間に電話でレストレード警部から事件の概要の説明を受けた。

事件が起きたのは、いずれも昨晩の深夜から未明。

まず一人目の死体発見現場はペカムのメイフィールド・プレース三番地。この白壁と煉瓦のロンドン市内ではありふれた外観をした建物に下宿していたのは若い女性だった。名前はサリィ・デニス、二十八歳。

『バース出身で、シティ大学卒。ロイヤルロンドン銀行勤務』

学歴からしてなかなかのエリートといってもいいだろう。今のロンドンでは良い学歴をもっていないと大企業のデスクワーク仕事には就けない。

被害者の名前が次々に読み上げられる。もう一人の殺人事件の被害者――と思われる人物の名はルーシー・スタンガスン。ユタ出身のアメリカ人で死んだのはハリデイ・プライベートホテル、つまり旅行中だった。三十三歳の人妻で夫と家族を置いてロンドンにいる知人に会いにきていたらしい。

『それから三人目、ノーマン・ネルーダ。ヴァイオリニスト。四十歳。死体発見現場はニュークロスの自宅。独身だが離婚経験があって子供も一人いる』

三人目はそこそこ有名人らしく、めずらしくシャーリーが顔をゆがめた。

「もったいない。彼女のショパンはすばらしかった」

そういえばシャーリーの数少ない趣味のひとつはヴァイオリンなのだ。私は音楽に関しては完全に素人だけれど、彼女はなかなかの腕を持っていると思う。

「女ばかりか。だが年齢も国籍もバラバラ」

『最後の一人が問題なんだ。現場はロウリストン・ガーデン』

「どこが問題だ？」

『……行けばわかる』

レストレードからの電話は切れ、車内に再び静寂が訪れた。シャーリーは情報収集のためかほとんど瞬きをせずに電脳の世界に沈んでいたし（これではどちらが人形かわからない）、彼女を除けばこの狭い室内にいるのはメイドインジャパンのダッチワイフのみであった。

（気まずい）

なによりバックミラーに映る人形の顔があまりにも精緻で落ち着かない。

息が詰まるほど居心地が悪かったので、私はとっさにスマートフォンを取り出し、このニュースがもう表に出ているのか確認しようとした。

なにせ四人とも、レストレード曰くまったく同じ死因（だと思われる）らしいのだ。もしそうなら最近とんとお目に掛からなかった連続殺人犯の仕業かもしれない。レストレードが愛息を221bに押し込んでも仕事に戻らなければならないのもどうりだ。

私の予想に反してネットのニュースサイトは静かなものだった。てっきり事件のことはプレスに漏れていると思っていたが、ヤードの箝口令は珍しく成功している。

（――王室関係、米国の国会情報、スコットランド独立派の動き…、どれもこれも代わり映えのしないニュースばっかりだなあ）

オリンピックは閉幕したとはいえ、まだまだオリンピック関連の記事が目立っていた。オリンピックによる観光産業の雇用需要が思いの外伸びなかった等、北京の現在の不況と合わせて悲観的な記事が多々見られる。

もちろんオリンピックのために警備が強化されたおかげで、もとより凶悪事件のニュースが少ないというのもある。

悲しいかな、イギリスという国はテロ対策にだけは長けていて、すでに数年前からロンドンにはこのオリンピックを見据えてありとあらゆるところにカメラが備え付けられてあった。おかげで軽犯罪・重犯罪ともにかつてより激減し、いままで治安が悪いといわれていた場所でも開発が進められた。

ロンドン住民にとっては喜ばしいことだ。私も久しぶりに帰国して真っ先に、数年前とは比べようもないロンドンの治安の良さに感じ入った。たとえその代償に個人が無意識のうちにプライベートを国家に差し出しているとしても。

（テレビのニュースでも社会問題ばっかりで、事故以外の凶悪犯罪のニュースを見ないな。春頃まではたしかいろいろあったのに）

大きなニュースと言えば議員の汚職やスターバックスの不買運動、…そう、去年から今年の春にかけてよく見たのは企業の不買運動だった。ロイター通信が有名コーヒー店チェーンであるスターバックスコーヒーUKがタックスヘイブンを利用し、イギリスで法人税をまったく納めていないとスクープしたことをきっかけに、ネット上で不買運動がまきおこった。それはアップルやamazonなどの他企業にも飛び火、世界的大企業ばかりではなく国内の企業までやりだまにあげられたのだ。

私はスクロールを促す指を画面の上で忙しなげに動かした。逆に、いままでオリンピック効果のせいで大した犯罪が行われていなかったからこそ、今回の事件は明日の新聞の一面を飾る可能性があった。

「――なぜ医者に？」

ふいに、身じろぎもせず一時停止した3Dのようなシャーリーが言った。

「えっ」

「なぜ医者になろうと思った？」

あまりにも唐突だったので面食らったが、その質問は先だってバーツでされたものだったので答えには困らなかった。

「それは…、私はいろんな意味で親がいなくて叔母に育てられたんだけど」

「優秀な子供になって恩返しをしたかったとかいう模範解答なら聞きたくない」

「………」

私は続きを飲み込んだ。たしかにこれからそこそこ親しくなるべき同居人に対して、面接官と同じ返事をするのはあまりに他人行儀といえた。

「ロンドンでまああの生活をしたかったの。だけどうちはお金なかったし」

「ボーイフレンドの進学先に付いていったのでは？」

「う、ぐ。……うん、まあそうなんだけど」

「一年後に同じ大学に入学したら、相手にはもうほかの女がいた」

「どうしてわかるの!?」

「フェイスブック」

今日四度目のwhatの出番だった。

「なに!?　勝手に見たの？」

「君の名前も姓も平凡だが、アフガンに従軍していてロンドンに帰ったばかりのジョー・ワトソンはそんなに多くない。しかもペンネームを使わず、本名でハーレクインロマンスを書いている」

「うっ」

言われて自分のフェイスブックが見つかった理由は納得したが、どう思い返しても医者になったきっかけなどをあそこに書いた記憶がない。

「いくつか記事を読めばわかる」

「わかるってなにが」

「君の依存体質」

「依存？」

「人生の岐路においていつも男がかかわっている。最初は父親の浮気と事故。大学進学とロンドン移住。奨学金を受けて就職先を陸軍にしたこと。派遣先のアフガン。それから帰国。全て男がらみだ」

「……なんだかそれを聞いていると、私がすごく男にだらしない女に感じるんだけど」

「だらしないとは言っていない。まあそれも個人の見解による」

「一途すぎるって言いたいんでしょ。知ってる。重いってよく言われる」

「それがいつもよくない結果を及ぼす。――何故医者に？」

シャーリーが質問を始めに戻した。

「わかってるんだったら聞かないでよ。好きな先輩が医師志望だったから。猛勉強してロンドン大に入ったけど、あとはシャーリーのご想像のとおり」

決死の覚悟で家を出て進学したのに、思い続けた人は一年であっさり別の女を見つけていた。

「メールでやりとりはしてたし、彼もロンドン大を受けることは知ってたからてっきり待っていてくれると思ってたの。でも実際会ったら『久しぶりジョー。きみもロンドンを楽しんだら？』って」

自分とのことはとっくになかったことになっていた。それがショックで知恵熱を出して寝込み、寮の歓迎パーティにも出られずにまた出会いの機会を無くした。

「今は正真正銘のシングルだよ。でも良い機会だから当分ボーイフレンドはよしとく」

「……ふうん」

「私のことより、この事件。シャーリーは連続殺人だと思う？　よっぽどのことじゃない、君が現場に出て行くなんて」

すでに私はこの三ヶ月の間に、シャーリーが顧問探偵としてあらゆる公的機関のシンクタンク的存在であることをこの目で確かめていたが、まさか殺人現場に入れてもらえるほどだとは思ってもみなかった。というのも、シャーリーはいつも現場からすぐに帰ってきて「解決した」としか言わないので、どの程度実際にかかわっているか想像しようがなかったのだ。

「王室の恩人なのは聞いたけど、あの強面のママ警部とはどういう関係？　昔シャーリーもヤードに勤めていたとか」

「大学を出てから国家を含めだれかに雇われたことはない」

「じゃ、バーツの学生だから？」

「いつまでも学生でいるほど頭は平凡じゃない」

「ねえ、シャーリーの岐路は？　私みたいに男運で振り回されて探偵なんて職業に就いたわけではないでしょ」

「岐路」

彼女は無感動にその言葉を反芻した。

「そう岐路」

「岐路というのは道が複数あるから使用する言葉だ。だとすれば僕には岐路なんてなかった」

「そんなことないでしょ。そもそも顧問探偵になったきっかけとか、バーツに出入りするようになったきっかけとか」

しばらく黙り込んだあと、シャーリーは私が知っている彼女の表情としては珍しく、やや寂しげな顔をして言った。

「敢えて言うなら」

「うん」

「生理学的に独立した存在になった時」

顔をしかめて私は考え込んだ。

「なにそれ」

「胎盤からの酸素供給を受けられなくなり、胎児性赤血球の種類が……」

「ああ、わかった。まわりくどく言わなくていいよ。つまり生まれた時ってことでしょ。なんか意外だなあ」

シャーリーはきょとんとした顔をした。完璧に左右対称の顔とふたつの蛍光のブルーアイズが私をまじまじと見つめている。

「すごく哲学的な答えだから。シャーリーってコンピューターみたいって思ってたけど案外詩人だね」

ピントが合わずに何度もシャッターをきるカメラのように、シャーリーは瞬きを続けた。

「どしたの？」

「そんなことを言われたのは初めてだ」

まるで愛を告白されたような顔だった。

＊＊＊

真っ白のベントレーがメイフィールドの現場に到着すると、すでにそこは人だかりになっていた。私たちは険しい顔つきの警官がテープを張る中をかいくぐってアパートの中に急いだ。その場にいる警官のだれもがシャーリーの顔を知っているようで、同じヤードのロゴの入ったウインドブレーカーを着込んだ中を割り込んでいく真っ白のコート姿を見るなり、だれしも顔に緊張を走らせた。それは決して嫌悪感ではなかったが、仲間を見る目でもないことに私は気付いた。

歓迎はするが、異質。

彼等の表情をむりくり言葉にするとそんな感じだ。エマルジョンという言葉が浮かぶ。

「なに？」

「いや、決して混ざり合わないものが一つの名前をもっていること」

シャーリーはここでも怪訝そうな顔をした。化粧品用語なんて知らないのだろう。

ロンドンによくある五階建てのアパートは白壁の上品な造りで、ここで一人暮らしをしていたという被害者のサリィ・デニスがそこそこ裕福であったことを窺わせた。

アパートのドアを開けると、ひやりとした風が首筋を撫でた。私は思わず首にぶら下げたままだったマフラーをしっかりと巻いた。やけに寒い。

レストレードが警官にもらったウインドブレーカーに袖を通しながら言う。

「検死はもう入ってる。死因は――」

「いや、聞く前に見させてもらう」

シャーリーは慣れた手つきで手袋をして床の上に横向きに転がっている被害者に近づいた。

サリィの死体はパジャマ姿で、向かって部屋の左側にあるベッドのほうを向いていた。壁の隅に買ってきたばかりらしい洋服の入ったままの紙バッグが置かれていて、昨日の夜はショッピングを楽しんだことがわかった。

それから、肝心の死体はというと……

「第一発見者は同僚で恋人の男だ。毎日同じ地下鉄に乗る約束をしていたのに来ないから、心配になって来たらしい」

職場恋愛でまだ周囲に隠さなければならなかった二人は、毎朝ささやかな地下鉄デートを楽しんでいたのだ。ロンドン中どこにでもいる幸福なカップルはこうして突然の悲劇に見舞われた。

「ジョー、来てくれ」

彼女の持ち物や服装をひととおり見ていたシャーリーが、突然私を呼んだ。彼女はレストレードに目配せをした。レストレードは仕方がないなという顔をして顎で私に行けと命令する。なんで私がそんなことをしなきゃいけないのかとカチンと来たが、付いていきたいと言ったのは自分なのだし、仕方がない。

「どう思う？　君の所見を聞きたい」

「どう思うもなにも、死因は限定されてるよね」

解剖医ではないが、前職柄死斑は見慣れているのでその死体がだいたい死後十時間前後であることがわかった。つまり、死亡推定時刻は今日の午前一時から三時にかけて。

「それから？」

「それから…、検死してみないとわからないけれど、死因は一酸化炭素中毒っぽい」

「その根拠は？」

「皮膚が赤い」

死んで十二時間経っているのなら、すでに血液の凝固が始まって死体は白くなるのが通常だ。こんなに血色がいいわけがない。

「今までに一酸化炭素中毒の死体を見たことは？」

「ある。これはアフガンにいたときだけど、キャンプの近くで農家の人が死体で発見されたことがあった。収穫した稲をサイロでサイレージしてたんだ。そのときもやけに血色の良い死体で、同僚の軍医がこれは一酸化炭素中毒に違いないって。たぶん火を焚いていて運の悪いことに発生しちゃったんじゃないかって」

「解剖は？」

「してない。死人は現地人で、そんなに大きな事件じゃなかったし」

むしろそれ以外の死因で大量の死人が出ていたから、とは敢えて口にはしなかった。

「…………」

シャーリーはそれ以上なにも言わずに耳のあたりに手をやって何事かを考えていた。

その様子は、まるで彼女の耳がダイヤルかなにかで、それを調節しながらコンピューターにアクセスしているように見えた。

ように、ではなくもしかしたらそうなのかもしれない。彼女の心臓がどこまで高性能かは知らないが、常時ミセス・ハドソンとやりとりできるなら、彼女は今一酸化炭素中毒の死斑を検索しているだろう。

「状況から見ても一酸化炭素中毒はありえるセンだよ。なるほど、だからこんなに部屋が寒かったんだ。なにかへんなものでも燃やしたとか？」

「みたいだな」

と言ったのはレストレードだ。テーブルの上になにかが燃えたような跡があった。ビニールと紙、それから燃えて墨になっているのはたぶん、

「煙草だ。被害者は喫煙者だったらしい」

灰皿の上ではないのに、なぜテーブルの上のものだけが燃えているのだろう。答えはレストレードが教えてくれた。灰皿はベッドテーブルの上にあった。

「ずいぶんものぐさな女だったみたいだ。煙草に火をつけて吸っていたが、なにか理由があって煙草を置いた。灰皿が見あたらなかったので、すぐに戻ってくるつもりでシガレットケースに立てかけたのかもしれない」

彼女が言うとおり、ビニール製のシガレットケースの燃えかすと金具らしいものも発見した。シガレットケースは赤。鮮やかな赤ではなくどちらかというと緋色に近い。

「そのまま煙草のことを忘れてベッドに入り、煙草の火がまわりのものに燃え移った。幸いなことに火事にはならなかったが、この被害者のもっとも不運なことにこの日セントラルヒーティングが切られていた。この部屋に暖房はなかった」

「暖房がなかった？」

「大家が言うには昨日から故障していたらしい。これはこの部屋だけじゃなくてほかの

部屋でもあったことだと住民が証言している」

「ああ、だから窓を閉め切ったのか」

ロンドンはすでに冬も間近で、吐く息も白くなり始める。特に夏の暑さに慣れていた人々は急にさがった気温に驚いてすぐに暖房をいれるものだ。思えば221bでも昨日暖房は入っていた。

しかしこの暖房、乾燥もかまわずにがんがんかかるので、入っていなければ寒いが入っていれば暑いという事態にもなりかねない。よって低層階でなければ（そして治安の悪い地域でなければ）空気の入れ換えに窓を少し開けて寝ることも多い。

この被害者は、たまたま暖房が切れていたために窓を閉め切ってベッドに入った。そして煙草の不始末で一酸化炭素中毒を起こし、亡くなったのだ。死斑からも現状からもそう考えるのが妥当だった。

「冬になると多いのさ。電気系統のトラブルで暖房が故障して、暖炉でなにか燃やす奴が出てくる。そうすると朝にはやけにつやつやした死体ができあがる」

「死体が綺麗なのは悪いことじゃないよ」

頭部のないままユニオンジャックに包まれて帰国した仲間たちを大勢知っている。バラバラになった死体の四肢は時間が経つと縫い合わすこともできない。私はシャーリーと初めて出会ったバーツのモルグを思い出していた。

次の現場も、最初のメイフィールドと似たような状況にあった。ルーシー・スタンガスンの遺体が発見されたのは、サリィとは違って自宅ではなくロンドンでもなかなか値の張るホテルとして知られる、メリルボーンストリート沿いのハリデイ・プライベートホテルだった。

レストレードが言うつやつやとした死体はベッドの中で亡くなっていた。そこでもシャーリーに請われて簡単な検死をしたが、死因はやはり一酸化炭素中毒だろうと思われた。旅行客であった彼女が一人目の彼女より幸運だったのは、サリィ・デニスのようにさほど窒息の苦しみなく、そのまま意識を失い死亡したことくらいである。

「第一発見者はホテルの従業員、ハウスキーパーだ。部屋を掃除しようと中に入って、はじめは寝ていると思ったらしい。そのままバスルームだけ掃除して一度出たそうだ。その一時間後に戻ってもまだ寝ているので、少し様子がおかしいと気付いた」

不審火こそなかったが、ホテルにはサリィ・デニスの部屋にはないものがあった。暖炉だ。

「暖炉に火が入っていたんですか」

「ルーシーの使っていた部屋はデラックススイートで、暖炉が特徴的だった。昨日せっかくだからいれてほしいと本人から頼まれたそうだ」

「じゃあ、一酸化炭素はここから？」

「だろうな。ルーシーは煙草は吸わないらしい」

私とレストレードが話している間も、シャーリーはいっこうに暖炉に近寄ろうとはせず、黙々と荷物を調べたりバスルームへ行ったりしていた。死体を見たのは一度だけ。しかも顔ではなく乱れたままのガウンをめくって足を見ていた。

「でも、ホテルの換気は十分なはずじゃない？　暖房が切ってあったわけでもないし」

「なにか変なものを燃やしたとか」

「それはこれから分析にかけてみないとなんともな。ただこれが他殺だったとしても、被害者が寝ているすきに暖炉に有毒ガスが出るものを放り込んで出て行くわけだから、密室殺人てことになる」

いきなり状況がミステリドラマの様相を呈してきた。大変不謹慎ながら興奮に鼻の穴が広がる。そんな私を見てレストレードは冷ややかに、

「おい、実際には密室殺人なんてないんだ。輸入ドラマの見過ぎだ」

「良質なミステリなら国産があるじゃない」

「アフガン帰りの元軍医が。死体なんてうんざりするほど見慣れてるだろ」

「そりゃダース単位で見てたけど、でも死因が明らかな死体ばっかりだったよ！　頭がないとか、足がないとか臓器がないとかほかにも」

「やめとけ、いつかここのホテルで彼氏とホットな夜を過ごしたいなら」

見ると、テープの向こうで遠巻きにこちらの様子をうかがっていたホテルの支配人らしき男性が、私のことをサイコキラーでも見るような目つきで見ていた。


次の現場はニュークロスという少しロンドン中心部より離れた場所にある一軒家で、ゴールドスミスカレッジ近くだった。この辺りは数年前まではあまり治安がよくなかったが、学生が多いからか物価が安く、そのためロンドン市内でも比較的広い家を求めやすいといわれている。

被害者のノーマン・ネルーダはヴァイオリニストとして知られていて、このカレッジの教師をしていた。四十歳で離婚歴が一度。週に二日は市内に住む娘とこの家で暮らしていたが、事件のあった日は幸いなことに娘は元夫の家だった。

「娘と過ごしていたのは週末だけで、平日は仕事や公演で長く家を空けることも多かったらしい」

ノーマンが被害にあった時、この家には通いのハウスキーパーも娘も、もちろん元夫もだれもいなかった。彼女はその日大学での授業を終えたあと、再来週に控えたチャリティコンサートの打ち合わせをし、娘のバースデープレゼントを買いにピカデリーサーカスで数時間家族と過ごした。そして夜遅く帰宅。

(疲労のためかソファで眠ってしまい、そのまま二度と目覚めることはなかった)

元夫と娘によると離婚したあとも家族仲は良好でなにかトラブルがあったようには見えなかった、ということだった。

一目見て、死体の血色の良さにレストレードたちが戸惑ったのも理解できた。こう同じ日に次々に一酸化炭素中毒で死んだ死体が出ては、それが無茶な論理だとわかっていても連続殺人かと疑ってしまう。

「シャーリー？」

私たちがつやつやの死体を取り囲んであぁでもないこうでもないと議論を繰り返している間にも、シャーリーはろくに死体に近寄ろうとはせず、ノーマンが持ち歩いていただろうバッグの中身やランドリーの中、はてはバスルームのゴミ箱を熱心に調べていた。

なぜ彼女は死体を見ないのだろう。死因には興味はないのか。もっとも死因は一酸化炭素中毒には間違いなさそうだから、もしかして彼女は他殺を疑っていて、一酸化炭素中毒で死ぬようなトリックを思いついたのではないかと私は思った。

「ねえ、これって他殺なの？」

「他殺以外のなにものでもない」

目の前に色の変わった試薬紙を見せつけるようにシャーリーは淡々と言った。

「でも、死因が一酸化炭素中毒なんて……、いったいどうやって殺すのさ？」

「この家にも暖炉はある。一軒家だからな」

と言ったのはレストレードだった。

「そしていままでの被害者と違うのは、死んだのは寝室じゃない」

そう、ノーマンは暖炉のある居間のソファで死んでいたのだ。昨日出かけた服のまま
――化粧もしたままだった。

「夜遅くまでピカデリーにいて、疲れてそのまま寝ちゃったんじゃないの？　それで暖炉で発生した一酸化炭素を吸い込んでしまったとか」

「だとしたら、この犯人はよほどノーマンの性格を熟知していることになるな。自分が暖炉に小細工した夜にノーマンが家族に会いに出かけることを知っていて、しかもノーマンがたまたま疲れて居間で寝てしまわなければならない。犯罪が立証される確率は低いぜ」

「なのに、やっぱり他殺なの？」

私はシャーリーとレストレードの顔を見比べた。というのも、二人ともすでに他殺である確証をもっていて、その理由をまだ口にしていないように感じたからだ。

ひたすらじっと答えを待つ風の私にシャーリーはどこかあきらめ顔で、

「明らかに一酸化炭素中毒に見える死体。死亡推定時刻も就寝中とドンぴしゃだ。状況も不完全燃焼になりそうな暖炉に煙草の不始末に密室とおあつらえ向き。この時期、一酸化炭素中毒患者が増えるのは医者である君も知っているはずだ、ジョー」

「うん、だから？」

「どこからどう見てもただの不運な事故に見えるのにもかかわらず、ヤードがわざわざ連続殺人犯ではないかというセンで捜査を始めている。日頃のこいつらの怠慢を知っている身としては、ヤードがあっさり事故死で片づけず捜査を続行している理由がほかにもあるとみてしかるべきだ」

「グレグスンのクソはさっさと終われとうるさいがな」

レストレードは次に行くぞとドアを指さした。ちなみにグレグスンはレストレードの上役の刑事課長で、レストレードの昔の恋人らしい。もっとも今は彼女の出世を妨げる犬猿の仲だとか。

（全員女性で、死因は一酸化炭素中毒。状況は揃ってるけどレストレードとシャーリーは他殺だと確信してる。たしかに同じ朝に一気に女性ばかり四人は多いけど、でも今朝は特に冷えたし、そろってみんなが暖炉を使ってもおかしくはない……はず……）

その三つのどの現場でも、シャーリーはほとんど口を開かなかった。レストレードに質問し、あらゆる可能性について議論していたのは部外者の私のほうで、彼女はただその美しいネオンブルーの瞳をスキャンでもするように部屋のあらゆる方向に向けていた。

ふと思った。彼女はなぜこんな仕事ともいえない仕事をしているのだろう。別段殺人現場を好むミステリマニアでもソシオパスでもなさそうなのに。

依頼を受ければすぐに現場に駆けつけ、淡々と現場をスキャンし、おそらくは電脳の世界に蓄積されたデータと照合し推理する。シャーリーの日々はそれの繰り返しだ。彼女自身それをすることに特に疑問はもっていないように見える。

「シャーリーはどうしてこんなタダ働きをするの？　ミステリが好きなら監察医になればよかったのに」

それに対するシャーリーの返事は、まるで何千人もの卒業生の集まった講堂で学位授与証を読み上げるようだった。

「残念ながら僕には心がない」

「それって、私にどうして医者にって聞いたときと同じ言葉を返すよ」

あらかじめ用意された返答だとすぐにわかった。こういうことをしていれば（しかも今時無給でということであれば）おもしろおかしく質問攻めにあうに違いない。

私の切り返しに彼女は仕方がないな、という風に、

「僕はロンドンの治安維持システムなんだよ」

そしてこうも言った。

「ジョー、僕には君のいう岐路などなかったんだ」

ブリクストンにほど近いロウリストン・ガーデン三番地は、見るからに不吉なことでも起こりそうな家だった。通りから少し引っ込めて建築したアパートのうちの一棟で、二部屋は入居者がいたがほかの二部屋は空き家になっていた。問題の部屋にはカーテン一つないがらんとした窓が三段にわびしく並んでおり、曇った窓ガラスのところどころにFOR RENT《貸室あり》の看板が貼られているのがなんとも無機質な感じだった。アパートの前はもちろんテープで囲われてがっしりとした体格の巡査が一般人を入れないように守っていたが、それでも暇人というものは大勢いるらしく、中の様子を知りたげにきょろきょろと動き回って無駄なことをしていた。

すぐにでも中に入るのかと思いきや、シャーリーはその場所だけはほかの三ヶ所と違って別な態度を見せた。まず、まわりを見渡し、テープの外にいる騒ぎを聞きつけて集まった人々をじいっと見つめた。二十人、いやもっといる。その一人一人を彼女の目はスキャンし、画像データをハードディスクへ保存しているようであった。

「ミセス・ハドソン、いま集まっている野次馬どものデータを照合。リストアップしてくれ」

独り言のように彼女は言う。しかし、返事はあった。

『承知しました、お嬢様』

「えっ、どこ⁉」

私は思わず辺りを見た。ミセス・ハドソンはあのベントレーが端末ではなかったのか。

「ピアス」

彼女は一瞬だけ髪をかきあげた。真っ白な巻き貝のように尖った耳に一目でわかる南洋パールのピアスがしてあった。

「それが端末なの？」

「言っただろ。僕は心臓に爆弾を抱えている。いついかなるとき倒れてもいいようにGPSは必須だ」

思えばアクセサリーなどに興味もない、それどころか化粧すらろくにしないシャーリーである。大粒の高価なピアスだけを律儀にしているのはおかしいと思うべきだったのだ。

「ミカーラの人選は正しい。どんなにGPS機能がすばらしくても、僕が心不全を起こした時にとっさに心臓マッサージができる手をミセス・ハドソンはもっていない」

「さすがにダッチワイフにも無理だもんね」

「そういうことだ。あれ以上の働きを君に期待する」

彼女が私を連れてまわりたがる理由は、ひとえに彼女の健康問題にある。あのすばらしい立地にあるアパートを格安で借りている身としては、侍女のように彼女に付き従うのもいたしかたない。

（それに、けっこう楽しいし）

アフガンで撃ち抜かれた足の傷は治りつつある。いまはこの足で生まれ変わったロンドンを歩き回りたい。

板張り剝き出しの埃だらけの廊下がすぐに、キッチンからバルコニーのほうへ通じていた。その途中に左右に二つのドアがあり、ひとつはトイレでひとつは事件の起こったダイニングであった。

そこは元々広めの部屋だったが、家具がほとんど置かれていないのでもっと広々として見えた。四方の壁紙も薄汚れて決して居心地の良い場所とは思えなかったが、私たちは入った瞬間に床の上に長くなって、うつろな見えぬ目でうつぶせで床板を睨め付けている気味の悪い死体に集中した。

それは三十代前半に見える、長い黒い髪をした細身の女性だった。身なりはウールのコートにデニムというごくありふれた格好で、それほど高価ではないがロンドンではいくつも支店を出しているショップのタグを見つけることができた。

私はその物言わぬ死体に、さっき見て来た三体の死者とは違う点を発見した。遺体はやはり赤々として一酸化炭素中毒の様相を呈していたが、顔が不自然なまでに強ばっていたのだ。そこには恐怖とも憎悪ともつかぬ表情がみてとれた。私の記憶の限りだがサリィ・デニスやルーシー・スタンガスン、そしてノーマン・ネルーダは少なくともここまでの苦悶の表情を浮かべてはいなかった。

そして、なによりもほかの三件と違った展開を見せたのが、

「これ、どう思う?」

レストレードが指さした先——床には、文字が書かれていた。

RACHE

「口紅だ」

すぐ側にクリスチャン・ディオールのルージュが転がっていた。被害者本人が愛用していたものだろう。だが中身は不自然な減り方をしていた。唇にではなく床に字を書いたからだ。

「RACHEって、ドイツ語だね」

「さすがドクター、博識だな」

もっともそんなことにはとっくに気付いていたといわんばかりにレストレードが言った。

「意味は〝復讐〟」

「なるほど、もりあがってきた」

「じゃあ、これは殺人事件？」

「どこからどうみてもそうだろうな。ここは空き家でそもそも午前二時に遺体が発見されるには不自然すぎる」

「遺体は動かしたか？」

「少しな」

言うなり、やはりシャーリーは赤々とした死体には目もくれずに部屋の中をあちこち動き回り、置いて行かれたチェストの下やカーテンボックスの上や、はたまたバスルームの中を丁寧に見回り始めた。遺体の側には当然私とレストレードだけが残された。

「えっと、ここの発見者は?」

「このあたりを巡回していた警官だ。空き家に明かりがついていたので気になって大家を訪ねたらしい」

「ロンドンの警官にしては親切すぎやしない? ここが空き家だなんてよく知ってたね」

「ジョン・ランスって新米だ。このアパートに空き室が多いことは警官の間ではよく知られていたらしい。ここの大家がケチなせいでなかなか壊れた下水管を修理しないから借り手がつかないんだ。で、それを知っている地元の悪ガキどもがここをパーティ会場に使いやがった」

数年前に麻薬パーティで使用されていることが明らかになってから、地元の警官達は特に重点的にチェックするようになっていたという。

「その日も空き家のはずの部屋に明かりがチラチラしていたからおかしいと思って踏み込んだようだ。麻薬騒動があってからますます借り手がつかなくなって、いま住んでいるのは大家とルームシェアをしている貧乏学生だけだからな。もっとも懐中電灯らしき明かりが漏れていた部屋は麻薬パーティのあった地下ではなく、二階だった」

「ここはいつから空き家なの？」

「一週間前からだ」

　ということは、つい先日までだれかが住んでいたということになる。そういえばよく見ると中は長年空き部屋になっていたようなひどい荒れ方はしていない。

「借り主はエノーラ・ドレッバー。いまそこに転がってるホトケサン」

「じゃあ、被害者は引越をしたのにわざわざ戻ってきたってこと？　いったい何のために？　それもどうして、こんななんにもない部屋で一酸化炭素中毒で死んだわけ？」

「そう、だからここは事故じゃない。他殺なんだ」

　レストレードが壁にもたれかかりながらどこか横柄な態度で言った。

「この通りなにも燃やした跡はない。なのにホトケサンはどこからどう見ても一酸化炭素中毒だ。不自然すぎる。しかもこの口紅の文字」

　私は頷いた。もし、エノーラの死体がこんななにもない空き家ではなく新居のほうにあったら、警察は事故死だと断定したかもしれない。けれど明らかにこの状況を事故というのは無理がありすぎる。

　となると、ほかの三件の一酸化炭素中毒死も、実は事故にみせかけた他殺であるかもしれない。これは大いに問題だ。すごく頭のいい連続殺人犯が、いままさにロンドンに野放しになっている可能性があるのだから。

「じゃあ、エノーラはここにおびき寄せられて一酸化炭素を吸わされた可能性があるってことだよね。よくドラマでエーテルを嗅がされるみたいに手足を拘束されて一酸化炭素の入った袋を頭から被されたのかもしれない。犯人は用意周到にマスクを装備して……」

「すばらしい推理だが、それはない」

あっさりと私の推理を打破してみせたのは、バスルームから戻ってきたシャーリーだった。

「それはないって、どうして？」

「これが証拠」

彼女は白手袋をはめた利き手に光る小さなものを摘んでいた。

「なにそれ、指輪？」

「十八金の婚約指輪だ。中に刻印がしてある。AからEへ。Eはエノーラだ。エノーラは結婚する予定でここを引っ越したが、この指輪が無くなっていることに気付き、旧居へ探しに戻ってきた。おびき寄せられたわけじゃない」

バスルームの排水溝にひっかかっていたらしい華奢な指輪は、まだ傷も少なく婚約者から贈られたばかりであることが窺えた。

「Aは同居人の名前だ。もう調べてあるんだろう？」

「ああ。アーサー・シャルパンティエという。海軍士官だ。カンバウエル街の実家を出て一週間前にエノーラといっしょにグリニッジのアパートに住み始めた。面倒なことにいま外洋訓練に出ていて半月は戻ってこない。電話で事情聴取はしているが、場所が場所だけにすぐの帰国は難しいらしい。いま海軍と交渉中だ」

「カンバウエル街のジョン・アンダウッドという店で作った指輪だ。いつ作ったのか、結婚式の日や予算も帳簿に残っているはずだ。二人がどんな様子だったかも店員から聞ける」

シャーリーの言葉に、レストレードが素早く警官に目配せした。警官は別室で電話をかけはじめたようだった。仕事が速い。

「おそらくエノーラは引越を終えてから指輪をなくしたことに気付いた。もらった指輪をなくすなんて一大事だ。いま婚約者は訓練で家を空けているため、仕事が終わったあとに戻ってきてこっそり探せばいいと思ったんだろう」

「じゃあ、エノーラは自主的にここへ来て、事件に巻き込まれたのか」

そもそもだれかに呼び出されたとして、結婚を控えた若い女性が真夜中にこんな空き室にやってくること自体ありえないというほかはない。

「どうしてエノーラは殺されたんだろう。通り魔的犯罪にしても一酸化炭素中毒ならいろいろ揃えなくちゃいけなくて面倒じゃない？　それにあれは危ないよ。自分だって吸い込んでしまう可能性はあるし、顔見知りの犯行だったとしても相手がマスクをしてたんじゃ不審に思うでしょ」

「マスクをしてても不自然じゃない相手かもしれない。実際警官が気が付かなかったらエノーラの遺体は何週間も放置された可能性がある。それこそ婚約者が」

「そう、婚約者が……」

私とレストレードは同時に黙った。そうだ、エノーラの婚約者が殺した可能性は大いにある。アーサー・シャルパンティエならばエノーラの引っ越す前の部屋のことは承知だろう。彼女が指輪をなくして前の家に戻ることも知っていたはず。そこへいっしょに探してあげると言って安心させ、一酸化炭素で殺した──

「なんでナイフで刺したりしなかったんだろう」

「事故死に見せかけるためだろ」

レストレードが言った。

「どうやって？」

「だから…、きっと犯人はなにかを燃やしたような形跡を残すはずだったんだ。だけど予想外に警官が乗り込んできたから逃げ出すしかなかった」

私は頷いた。そう考えれば合点がいく。

「そうだよ。アーサー・シャルパンティエがもし海軍の科学士官なら一酸化炭素の入ったスプレーくらい楽に手に入るかもしれない。ガスマスクは当然職場にあるだろう。ドラマでも婚約者が犯人なんてパターンがすごく多いし、なにより彼はわざわざアリバイを作るために演習に出かけてる！」

自分で話しているうちにだんだん盛り上がってきた私は、それこそ有名な探偵が主要人物が集まった広間で推理を披露するように言った。

「アーサーはエノーラと結婚するわけにいかなかったんだ。きっとほかに二股をかけている女とかがいるんだよ。だから事故死に見せかけて彼女を殺した。彼女の結婚指輪を盗んでおけば、彼女は家中を探し回ったあげく自分がいない間に前の家に探しにいくに決まっている。心配してかけつけたフリをして彼女を殺し、彼女が寒さのあまりなにかを燃やしたような痕跡を仕込もうとして警官に気付かれた。だから、不自然な遺体だけが残って結果的に他殺しかありえない現場になってしまったんだ。きっとその指輪を作った店の店員に聞いたらふたりのぎこちない会話や気乗りしなさそうなアーサーのことが聞けるんじゃない？」

一気にまくし立てた私の顔は遺体に負けず紅潮していた。レストレードは直接感想は言わずシャーリーの反応を待っていた。

「ジョー。僕は今日貴重な発見をすることができた。君に感謝する」

「えっ、発見てなに？」

「凡人の限界」

バカにされたのだとわかったのは一瞬の後。

「で、でもこう考えればすべてのつじつまがあうじゃない」

「つじつまを合わせようとするのはもはや推理じゃない。思考の誘導だ。いつもならここまで親切なことはしないが、今日は君の助手初仕事の日だ。特別に解説してやる。アーサー・シャルパンティエが犯人ではない理由は三つ」

と、私の推理をばっさりと切り捨てた。

「ひとつ、仮に君の推理どおりだったとして、エノーラが〝RACHE〟と書き残す意味がない。そんなヒマがあるなら具体的に婚約者の名前を書けばいいし、擬装工作にしてもアーサーは事故にしたがっていたのだから、わざわざそんなことをするくらいならビニールかなにかを燃やすだろう」

　言われて思い出した。そうだ、あの意味深なドイツ語のことを忘れていた。

「ふたつ。これは連続殺人だ。個別の怨恨殺人に見せかけたサイコキラーの仕業だ。ほかの三件と同じ特徴がある。死因だ」

「それって…」

　反論する前にみっつ、と続きを言われた。

「アーサー・シャルパンティエのアリバイは完璧なはずだ。彼は昨夜ポーツマスで海軍の仲間と少し早いバチェラーパーティをしている。理由は入れ違いに遠洋実習に出る仲間がいて、彼等はアーサーの結婚式に来られないからだ。あの口紅の文字があった以上、犯人はこの場所まで来ている必要がある。よってアーサーには不可能」

　シャーリーはもうここには用はないとばかりにコートのポケットに手を突っ込んだまままきびすを返した。

「ちょっ、どこ行くの」

「やることがある」

「もしかして、もう犯人がわかったの!?」

「殺害方法はわかった」

追いすがる私の背後で、先程電話をかけに部屋を出て行った警官の一人がレストレードに報告していた。

「警部、アーサー・シャルパンティエはたしかに昨夜の午後八時から朝の七時まで、ポーツマスのバッキンガムハウスで飲んだくれていたそうです」

ジョージ・ヴィリアーズが暗殺されたパブでバチェラーパーティをやるなんてなかなか度胸がある。

「シャーリー、殺害方法って何!?」

私とレストレードがほぼ同時に叫ぶ。彼女は振り返りもせずに背中で言った。

「憂鬱な期間《Depressed period》!」


***

――Depressed period とはつまりそのままの意味、〝ピリオド〟は単独で女性の月経を意味する。

「いいか、凡人の限界を突破できない君に一度だけ詳しく解説する。もうすでにレストレードにはした。だから正確にはこれで二度目だ。一日のうちで時間をこれほどまでに浪費させるなんて普通ならありえない。そう、ありえないんだ」

そう言いながら、ロンドン随一の顧問探偵であるところのシャーリー・ホームズ嬢は、見た目はごく普通のクラシカルなアパート、その実態は情報部並に電脳に管理されたマイホームにて、頬の内側にいっぱい生クリームとパンケーキを詰める作業に没頭していた。

「もうちょっとゆっくり食べたら？　ミスター・ハドソンの焼いたパンケーキをほおばりたい気分はわかるけどさ」

「ふふぁんふぉふふぁふぁ」

「わかんない」

「時間の無駄だ」

つまりシャーリーが不機嫌なのは、パンケーキを食べている自分の邪魔をされたからであって、決して事件の概要を私に話して聞かせることを面倒だとは思っていない。なぜなら、彼女はいずれ私にすべてを話さなければならない。彼女はああ見えて私に手放しに賞賛されるのが大好きなのだ。

「──じゃあ、もしシャーリーのいうとおりだとすると、犯人は生理用のタンポンに毒を仕込んでいたっていうこと？」

ぞっとする話だった。かくいう私自身も生理の時はタンポン愛用者だ。シャーリーと出会ってちょうど三ヶ月、もうすぐ生理周期である。もったいないが先月使用した残りのタンポンは棄ててしまったほうがいいのかもしれない。

「もし、は余計だ。どうせいまごろレストレードが毒物を確定している」

「でもさ、もし君の──」

「もしは余計」

「君の言うとおり毒物をタンポンに仕込んでいたとして、それでもタンポンじゃ膣から吸収される量はほんのわずかだ。使用前のタンポンが濡れていたら不審に思うだろう。ということは毒物はコットンの表面に塗布され乾いた状態でなければならず、せいぜい表面積五平方センチってところでしょ」

シャーリーがかまわずメイプルシロップでひたひたにした一切れをぱくついているので、私は続けた。彼女が否定しないということは、続けていいということなのだ。

「しかも毒が体に回るまでの十分な時間が必要だ。ってことは──」

「──寝る前」

私たちは綺麗にハモった。

「君がろくに死体も見ずにバスルームばっかり調べていた意味がわかったよ。君は汚物入れをチェックしていたんだ。それから被害者がナプキン派かカップ派かタンポン派かも。さすがシャーリー。よく被害者が全員生理中だなんてわかったね」

「スカートをめくらなくてもバッグの中を見ればすぐにわかる。おおよそ人間は普段持ち歩いているものの種類で人となりが暴露されてしまうものだ。手帳の分厚さ、電子機器、車内ではペーパーバックを読む派か音楽を聴く派か、化粧品はビューラーまで持ち歩くか、リップクリームだけか。マニキュア派はいざというときのためにリムーバーを持ち歩くがジェル派は持ち歩かない。爪ひとつ見るだけで経済状況が明白だ。ブランドバッグやアクセサリー以上に日用品のほうが雄弁だからだ。もっともそのへんで売っているスーパーのコットントートにリップクリームすら持ち歩かないジョー、君のような人間もいることは百も承知だ」

約三分もの時間をかけて自分の生活スタイルを全否定されたような気がするが、事実なので腹も立たなかった。それよりもシャーリーの知っているトリックを明らかにしたいという気持ちのほうがうんと強い。

「四人全員に共通していたのは、長時間タンポンをしている時間帯、つまり夜寝る前にそろって毒入りタンポンを入れたってことでしょ。犯人が用意したものは夜用だったんだ。そして犯人はわずかな量で殺せる毒物を――」

「ストップ」

五段に積み上げられた薄いパンケーキの上三段をきれいに平らげてしまってから、彼女は言った。

「ジョー、君はすぐに肝心なことを忘れる」

「なにを？」

「死体の顔色」

私はあっと声をあげ、フォークからトッピングの苺を落とした。

「そうか…、死因はあくまで一酸化炭素中毒なんだっけ」

しかし、タンポンにどんな毒物を仕込んでいれば一酸化炭素中毒で死ぬというのだろう。たとえタンポンに化学薬品を仕込んでおいても、それが経血と反応して一酸化炭素が膣内に充満し、死に至るとは考えにくい。

私は皿の上に落ちた苺を追うことなく思案の海に溺れた。目の前にいる美しい女性はとっくの昔に答えを得ているのに、自分ひとり――あろうことか医学を体得した身であるのにもかかわらず――答案を埋められずにいつまでも教室に居残りさせられている生徒の気分になっている。

なんとか挽回したくてあれこれミステリのトリックを思い浮かべたがうまくいかない。

「降参、教えて」

シャーリーがチョコレートの艶がかかった唇をにいっとほころばせた。

「ジョー、僕は君に聞いたはずだ。今までに一酸化炭素中毒の死体を見たことは、と。君はあると答えた」

私は頷いた。アフガンのキャンプ近くの農場で。

「検死はしなかったと」

「そうだよ」

「すれば結果は変わっていたはずだ」

驚く私の顔を見ずに、シャーリーは残り二枚のパンケーキにメスをいれ、

「農夫は収穫した稲をサイロでサイレージしていたと言ったね。それは不完全燃焼による一酸化炭素中毒ではなく、青酸ガスによる青酸中毒だ」

「えっ」

「イネ科の牧草にはドゥーリンという青酸配糖体が含まれていて、サイロでサイレージしているときに遊離して青酸ガスを発生させる。けれど青酸ガス中毒による死斑は一酸化炭素中毒のそれと似ているときがある。君たちがもしもっとよく現地人の話を聞いていたら、過去何人か同じような死に方をした人間のことを聞けたに違いない」

「そういえば、ガスが原因としか聞かなかったな……。あの死斑だったし、担当したドクターも一酸化炭素中毒ってすぐに判断してた」

青酸といえばミステリ小説の常連毒物であり、入手ルートは工場だとか研究所だとかある程度限られてくると思っていた。まさかあんな牧歌的な場所で自然に発生するとは思いも寄らなかった。

「じゃあ、四人はみんなタンポンにしこんだ青酸ガスで死んだってこと？」

「そう」

「シアン化水素溶液をタンポンに仕込む方法は？」

「注射器一本あれば簡単にできる。表面は乾いていてもそもそもタンポンは大量の水分を吸収できるようにできている。揮発性の高さを考慮しても致死量のガスが発生するだけの容量を染みこませておくことは可能だろう」

「それが、膣内の体温であたためられてガスが発生するってこと？　でも、それってほかのタンポンといっしょで袋詰めされてるわけでしょ。犯人はどうやって毒入りタンポンを保存しておくの？」

「ドクター・ワトソン、シアン化水素溶液の沸点は78・8°F（摂氏二十六度）だ」

だからこの時期なのだ、と私は察した。この時期ロンドンの室内も外気温も二十六度に達することはまずない。

（でも、体温なら）

シャーリーが言うとおり、犯人はシアン化水素溶液を注射器でタンポンの内部に注入し、外装を整えて毒入りタンポンを作った。なにも知らない被害者たちは生理の日がやってくるとタンポンを使用した。そして体温によって温められたシアン化水素溶液は気化し、青酸ガスが膣内に充満、腸壁から大量に吸収されて中毒死に至った……。

私は興奮のあまりフォークを持ったまま椅子から立ちあがった。

「すごい！　すごいよシャーリー。こんな複雑なトリックをあれだけの短時間で見抜いていたなんて！」

「すごくない」

「いいや、すごいって」

「すごくない。僕がその賛辞を全面的に受け止めていいのは、犯人達の本当の目的がわかってからだ」

銀製のフォークとナイフで優雅に皿の上を侵略することに成功したあと、シャーリーはロイヤルドルトンのティーポットを傾けて紅茶を注いだ。白磁のティーカップの中の紅茶が容量を増すごとに色を濃くする。

「本当の目的って、四人を殺すことじゃないの?」

私はシャーリーが犯人〝達〟と複数形で断定したことにも引っかかりながら、

「だって、相手は四人に怨みをもっていて、しかも四人の生理日を知ってたってことでしょ。相当近しい人物でしかありえないよね」

私はやはり、婚約者のアーサーが怪しいと思いなおしていた。同居している相手なら、しかも恋人ならば相手のブルーデーのことくらい知っていてもおかしくはない。

「ともかく、今回は思いも掛けない方法ではあったけれど、これだけ道具がマニアックならすぐに犯人はつかまるよ。四人の被害者の共通点を洗い出して、生理日でしかもタンポン使用者かどうか知っているごく親しい人物を洗っていけば、自ずと容疑者は絞れてくるんじゃない?」

「シアン化水素溶液の出所が気になる」

「ええっと、たしか最後の被害者……、エノーラ・ドレッバーが製薬会社に勤務してたんじゃなかったっけ」

四人が事故ではなく連続殺人の被害者であることを確信していたレストレードは、私たちに被害者の勤務先を教えてくれた。銀行、旅行者、ヴァイオリニスト、そして驚くべき事に四人目の勤務先は製薬会社だったのだ。なんてミステリにおあつらえむきだろう。いまごろヤードはとっくにこの情報を元にエノーラの同僚達のアリバイを探っているに違いない。

「そのうちレストレードから感謝の電話がかかってくるよ。シアン化水素溶液を盗み出せる人物なんて限られている」

「どうかな」

血のように濃い紅茶を一口飲むと、シャーリーは少し顔を渋くしてミルクピッチャーをとりあげた。

「なにが気になるの？」

「全て」

ゆっくりとミルクを注ぎ込み、彼女が持つに相応しい純銀製のスプーンがカップの紅茶にキャラメル色の魔法をかける。

「どういう意味？」

「死因が青酸ガスであることは、検死をすればいずれわかったはずだ。特にエノーラの現場には一酸化炭素を発生するようなものはなにもなかった。なにせ、モノがなにもないのだから」

「でも、シャーリーが指摘するまでみんな青酸ガスだとは思ってなかったじゃない。一酸化炭素中毒だって思ってた。あの顔色で、しかも状況証拠が揃ってたら検死もなかったかもしれない」

それこそ、レストレードが不審に思いシャーリーを呼び出さなければ、ヤードは不運な事故死として三人を片づけていたかもしれなかったのだ。

「そう、犯人は偽装工作をしていたんだ。三人をわざわざ一酸化炭素中毒に見えるように、暖炉のある家の人間を選んで殺してる。サリィ・デニス以外の部屋は暖炉はあったが、通常は使っていなかった。けれど、彼女らは自分たちが死を迎える日に限って暖炉を使用した。なぜか」

「寒かったからだ！」

私の叫びに、シャーリーは短く頷いた。

「どうして寒かったのか。答えは明白だ。セントラルヒーティングが切られていたからだ。わざわざ一部屋だけを故障させるのは面倒だが、アパート全体の暖房をどうにかするのは存外容易だ。その辺の道に配線ボックスが置いてある。この時期は故障も多いから電気工事のふりをして近づき、配線を切ってもだれも不審人物だとは思わないだろう。とはいえ専門知識を要することは確かだ。シアン化水素溶液を手に入れられる者と配線工事の知識がある者との職業的にも学歴的にも差を感じた。だから犯人達と言ったんだ」

「暖炉ではなくて、煙草の不始末だったサリィ・デニスはどうなの」

「煙草自体になにか細工がしてあった可能性がある」

「爆発するとか？」

「一度消えた後に発火する、とかだ。これからバーツに寄って成分を分析してみようと思っている。もっとも僕は何百種類もの煙草の灰について研究論文に纏めたことがある。あの煙草はそのどれにも当たらない気がする……」

と言って彼女はシャツの胸ポケットから小さくて透明なポリ袋を取り出した。中には細かな灰が入っている。いつのまに採取したんだか、レストレードが知ったらどやされるに違いない。

「爆発物をしこんだり、青酸ガス発生タンポンを作ったり、外から電気配線を切ったり、あらかじめ暖炉のあることを突き止めたり、こう言っちゃなんだけどすごく手が込んでいるよね」

「よほどの怨みか、それとも犯罪そのものを楽しんでいるか」

「でもあの口紅の文字がある」

RACHE。意味深すぎるドイツ語。

「犯人はドイツ語ができる？　教養がある？　それともほかの単語の書きかけ？」

「陽動かも知れない。サイコキラーが捜査の目をそらすためにわざわざ書いたものである可能性もある」

「つまり、どちらにせよ共犯がいるってことだよね。死んだ四人はそのそれぞれの怨みを買ってたってことなのかな」

「……まだ動機が明らかじゃない」

シャーリーはカップを持ったまま、電池の切れた人形のように硬直し続けた。

「犯人は二人、もしくは二人以上。わざわざ部屋に暖房が入らないように外部から細工し、一酸化炭素中毒で死んだように見せかけた。事故死に見えるように細かな細工をしている。一人は電気配線の知識がある者、もう一人は大学で毒物に関する知識を習得したか、危険物を扱う職場に勤務する者――。タンポンに毒物を注入し、四人それぞれの生理ポーチに忍ばせることができる者がいたとすれば、これは怨恨殺人。工場のラインで毒物入りのを紛れ込ませたのだとしたら無差別殺人だ」

「だけど無差別だとしたら、わざわざ事故死に見せかけることは不可能だよ。犯人はきっかりあの四人を選んでる」

「そう、選んでいる」

「あの口紅の文字もある。怨恨だよ」

「だがあれはミスディレクションだ」

「本当に怨恨だとしたら？　四人それぞれに怨みがあるとしたら？」

「怨んでいる四人が同時期に生理になるというのも確率的に低い。それになぜエノーラは犯人を知っていて、犯人の名を書かなかったんだ。彼女はドイツ系じゃない。君のようにドイツ語に堪能なドクターでもないし、母国語は英語だ」

動機だ、と彼女は繰り返した。

「動機が全てだ。トリックじゃない。むしろトリックが複雑なことがすべての――」

そしてとうとう言葉を発することさえやめてしまった。

より深く電脳の海にダイビングしたときのシャーリーときたら、あのダッチワイフの人形以上に精密な人形にしか見えなくなる。なにしろ瞬きもしなくなるのだ。

私は彼女がお気に入りのカウチの上に座って微動だにしなくなったことで、思わず彼女の顔の前で手をふった。こうした行為はいままで何度となくあったことだけれど、そのたびに私は本当に彼女が心筋梗塞をおこしてはいまいかと心配になるのである。

（よかった、脈はある）

こうなると何時間も動かなくなるので、私は近所のTESCOに買い物に出かけることにした。ちょうどミルクも切れていたし、帰りにBootsに寄ってシャンプーやコンディショナーも購入したいと思った。

「ミセス・ハドソン、出かけてくる」

『承りました、ドクター』

「ビリーはまだ寝てるの？」

『ノンレム睡眠に入られていますので、あと二時間は目覚められないと予測します』

「そう、よかった」

レストレードの愛息はまだシャーリーのベッドで夢の中を楽しんでいるようだ。

「じゃ、シャーリーをよろしく」

ドアを開けると、からっとした風の中にこれから訪れるだろう長い冬を感じた。

２２１ｂに引っ越してきてからというもの、シャーリーのご相伴に与ることが多くなった私はろくに料理もしないで食事を済ませてしまいがちである。朝はハムエッグとコーヒーのこともあれば、トーストだけのこともあった。なにしろ下の赤毛組合で作っているからカフェメニューが定番だ。時にはマトンカレーのこともあり、パスタが出てくることもあった。好き嫌いのない私はありがたくなんでも喜んでいただいた。なにしろロンドンは家賃だけではなく食費も高いのだ。

ロンドンに移住してきたばかりの外国人が多く使うショップの側を通り過ぎた。同じ果実でもTESCOで買うものの半額以下だ。ぱっと見ただけでもインドやタイ製の電子機器が並んでいるのがわかる。

（結局バーツには採用されなかった。でも選ばなければなんとかなるはず）

早くなんとかして仕事を見つけないといけない。大学に戻ってもよかったが、できれば出会いの多い場所がよかった。シャーリーにはああ言ったものの私はできれば早いうちに結婚相手を見つけたかった。まだ大丈夫だと高をくってあれこれ文句をつけているうちにオールドミスになった叔母のことが頭を離れなかった。

（結婚相手はよくよく選ばないといけないのはわかってる。シャーリーの言うとおり私は男運がない。っていうか、うちの家系は男運がない女系だ。……メアリーが死んだのも男のせいだったし）

十四歳年長の姉のメアリーはろくでもない男にひっかかって、まだ私がティーンのうちに亡くなった。バンドマンをしていた彼氏を金銭的に支え続ける人生だったが、彼氏には複数の女がいて、いつのまにか彼女も麻薬に溺れるようになっていた。

思えば自分たちの母もまた、暴力的で自堕落な父親に苦労ばかりかけられて死んだのだった。私が十四の時、父は酔っぱらってトラックで運送中に橋から川へつっこんで溺れ死んだ。父が死んだのは自業自得だし、死亡事故を起こさなかったのはよかったが、会社側から積み荷と橋の修理代の損害賠償の訴訟を起こされ、母の人生はろくでなしの父の借金を返すだけで終わってしまった。叔母はそんな母を見ていたからこそ独身のほうがましだと思ったのかもしれない。

結婚するにしろしないにしろ、食い扶持は必要だ。幸いにして私には医師免許がある。シャーリーに拾ってもらったおかげで精神状態も安定してきた。ロンドンに戻ってきて半年たつ前に仕事を決めるべきだ。

薬局でシャンプーとコンディショナーを選び、化粧品をチェックしたり香水を試したりしているうちに時間が経った。ふと生理用品の棚に眼がいった。不思議なことにタンポンはひとつも存在せず、布ナプキンとカップだけが売られていた。私はシャーリーと話した毒物入りタンポンのトリックのことを考えながら帰途についた。はたしてあの事件は、怨恨殺人なのか、それとも無差別か。シャーリーが特にこだわっていた犯人の動機とは――

「ただいま」

少々重たげな足取りで221bの階段を上がり、私たちの共同スペースである居間の扉をあけると、驚いたことにシャーリーは私が出て行ったときとは違うポーズをとっていた。わずか一時間ちょっとのうちにあの電脳世界から戻ってくるのは予想外だったので、私はさっそく買い物袋もそのままに、彼女の正面の椅子に座り直した。きっと正気に戻ったのは、いよいよすべての謎が解けたからだと思った。

「ついに名探偵の推理が拝聴できるのかな、シャーリー」

「…………」

シャーリーは私の質問には答えず、ミセス・ハドソンに自分が硬直していた間に入った連絡と留守電のメッセージを再生するように言った。

メッセージは一件のみ、レストレード警部からだった。

『おい、そっちはなにかわかったか。ビリーは元気にしてるか』

居間にいないところを見るとビリーはまだ眠っているらしい。

『こっちはとりあえずおまえの言うままを一通り洗ってる。だけど芳しくないな。四件とも、外部配電ボックスの映っているカメラにはそれらしい怪しい人物は近づいてない。エノーラの口紅には本人の指紋しかなかった。おまえの言ったとおりエノーラにドイツ語の知識はほとんどない。製薬会社勤務だが人事課にいて、婚約者とは半年前に知り合った。この婚約者のほうもやっぱりアリバイがしっかりしてる。カンバウエル街のジョン・アンダウッド宝飾店でも、ごく普通の幸せなカップルのようだったと店員が証言している。少なくとももめている様子はなかったと。ほかの三人についてもプライベートでなにか問題があったという報告はない』

それから、レストレードは四人全員の手からかすかな青酸反応があったこと。彼女らの膣内から回収されたタンポンは、いずれもシャーリーが推理したとおりシアン化水溶液が仕込まれていたこと。それをこれから記者会見で発表することを伝えてメッセージは終わった。

「グレグスンの阿呆が、RACHE はレイチェルという女性名を書きかけて力尽きたんだと言い張っているそうだ。時間も人も足りないのに、四人の交友関係からレイチェルという名前を探し出そうと躍起になっている」

シャーリーはすっかり冷め切ったミルクティーを口に含んだ。

「それは私も考えたけど、シャーリーは違うと思うんでしょ」

「誘導だ」

「うん、あれには意味があるとは思うけど、少なくとも復讐やレイチェルじゃないと思うなあ」

そうは思うものの、シャーリーの推理した外部からのセントラルヒーティングへの細工というのが否定されて私はがっかりしていた。オリンピックのために街のそこここに設置されたカメラに、きっと犯人が映っているだろうことを期待していたのだ。

「やっぱり怨恨のセンはなくて、タンポンに毒物を入れただけのただの無差別殺人なのかな。暖房が切られていたのもただの偶然で、暖炉も煙草の灰もみんな本人たちの不始末で——」

偶然が重なりすぎているとは思うものの、そう考えるのが妥当なように思えた。だとしたらあとは警察は黙々と例のタンポンが製造された工場を中心に犯人を洗い出すしかない。関わった人物を聴取しカメラで不審な行動をチェックし……、膨大な時間が掛かるだろう。

しかしいずれ捕まる。動機はきっと、職場での待遇だとか人間関係だとか、複雑な生い立ちとかむしゃくしゃしてやったとかそういう個人的なストレスだ。メーカーはマスコミに謝罪し、マスコミは犯人の境遇をあっというまに調べ上げ、頭のおかしいサイコキラーの犯行ということで片づけてしまうだろう。

私ですらこの事件の結末は容易に想像ができるものだった。しかしシャーリーはレストレードの伝言を聞いてからまたもや死後硬直したばかりのモルグの死体のようにカウチの上で微動だにしない。いったいなにを考えているのか……

「——ああ、最後の一手だ」

ようやくその顔に生きているものの赤みがほんの少し戻ったように思えた。

「シャーリー？」

「決まりだ。これで完結した。さんざん動機で悩まされたがようやく筋道がわかった。なるほど、そういうことだったのか」

「えっ、ちょっ……、犯人がだれかわかったの⁉」

自分だけ納得してミスター・ハドソンに新しいお茶を持ってきて貰うように頼んでいるシャーリーを、私は少なからず憎らしく思った。

「わかった」

「誰⁉」

「少し待ってくれ、これからすぐに捕り物になるからお茶を飲みたい」

「そんな暢気なこと言っていいわけ？」

椅子を立ってつめよった私を尻目に、シャーリーはテーブルの上のテレビのリモコンをとってBBC Oneをつけた。

「怨恨だよ、ジョー」

「………」

私はニュースの内容とシャーリーの顔を代わるがわる見ては呆然とするしかなかった。

「無差別なんかじゃない。犯人はサイコパスでもない。これは明らかに連続怨恨殺人なんだ。ジョー、君はどうしてこんな仕事をしているかと聞いたね。この世には多くの死因があり、不幸な事故のリストを純白のかせ糸とすると、中に必ず殺人という真っ赤な糸が寄り合わさっている。それらを解きほぐして分離してさあこれは殺人ですよとみせつけるのが僕の任務なんだ」

「仕事じゃなくて、任務？」

そう、あくまで彼女は使命感や義務感で動いているのだ。富めるものが持つ大いなるボランティア精神とはまた違う、強制的な使命感。

「そう、任務だ。きっとこの事件は毒入りタンポン事件とか呼ばれるだろうけれど、僕としては〝緋色の憂鬱事件〟とでも呼んでもらいたいね」

私は苦笑した。

「やっぱり、シャーリーは詩人だよ」

「そうかな」

階下から、あつあつのポットがビスケットを添えて運ばれてきた。

「とても心がないとは思えない」

4

不思議なことに私が彼女のことを思い返すとき、なぜかある童話の中の一節を思い浮かべる。

肌は雪のように白く、唇は血のように赤く、髪は黒檀のように黒い——白雪姫の冒頭だ。まさに彼女の容姿はこれのとおりで、あの頃私はいつも白いコート姿にスキニーパンツ、シャネルのロングブーツ、そして黒のベレー帽をかぶった彼女の後を影のようについて回ったものだった。

「僕らは簡単に惑わされた。一つはあの死斑に。もうひとつはロウリストン・ガーデンのなにもない部屋にだ」

純白のベントレーの中で、シャーリーは凡人の限界を超えられない凡人の私のために、事細かに事件を説明してくれた。

「ジョー、君に話したとおりこれは怨恨殺人だ。だが、犯人が四人すべてに対して抱いた怨恨の度合いはそれぞれ異なるんだ。そこが捜査のネックになった」

「ええと、つまりちょっとムカつく程度の相手と、殺したいほど憎んでた相手が混ざっているってこと？」

「非個性的で陳腐な表現をすればそうだ」

シャーリーは何度か耳たぶの大きなパールに指をやりながら答えた。きっと彼女は私に説明しながらも、ミセス・ハドソンを使ってなにか重要なデータを収集しているのだろう。

「怨恨であるという確証を得たのち、犯人がもっとも殺したかった人物を特定できればトリック自体はそんなに込み入ったものではなかった」

「あのRACHEが決め手？」

「それもあるが、決め手になったのは犯人のミス」

「ミス？」

私は運転席に座るダッチワイフの後ろ姿を見ながら言った。ベントレーはゆっくりと四件目の殺人現場であるブリクストンへ向かっている。

「なにもない部屋でエノーラが死んでいたこと？」

「そうだ。犯人はエノーラに現在婚約者と住んでいるグリニッジの新居で死んで欲しかった。そうすれば何日も見つからない可能性がある。ところが彼女は引越のどさくさに紛れて大事な婚約指輪を落としてしまった。エノーラとしては婚約者が出張でいないうちに見つけ出したいところだろう。わざわざ旧居に探しにやってきたのも無理もない話だ。

おそらく彼女は仕事帰りに空腹を満たし、根気よく探すためにロウリストン・ガーデンの旧居へやってきた。そして捜索が長引き途中でタンポンを変えた。運悪くそれが毒入りだった」

「数時間後にエノーラは中毒死する。……でもあのRACHEは」

「中毒死する寸前、エノーラはだれが自分を殺そうとしているかを知った。そして苦しみながら口紅でメッセージを残した」

「どうしてわかったの？」

「簡単なことだ。犯人が現れたんだ」

シャーリーはベレー帽を深くかぶり直した。

「犯人はわざわざそこに姿を現した。そしてエノーラは自分が殺されかかっていることを知った。たぶん犯人はそこでエノーラが死んでいくのを側でゆっくり見ていたに違いない。苦しみもだえ、助けを請うのを楽しみながらね」

「どうして楽しんだってわかるの？」

「じゃなきゃわざわざエノーラがメッセージを口紅で書くのを許したはずはない」

私はいまだ顔を見ぬ犯人が、エノーラ・ドレッバーが最後の力を振り絞って口紅でメッセージを残そうとするのを、側でサッカー観戦でもするように見ている光景を想像して背筋が寒くなった。それが本当ならシャーリーの言うとおり、犯人はエノーラに対して並々ならぬ怨みを抱いていたということになる。

しかし、その説には疑問がないでもない。

「どうしてそんなことをさせたの？　そんな時間があったのならほかの部屋と同じように一酸化炭素が発生するようなボヤの擬装をするとか、いろいろやりようはあったんじゃない？」

ただエノーラの死体が見つかっただけなら、毒を仕込んだタンポンにたまたま当たっただけの不運な被害者だと思われただろう。特にRACHEなんてメッセージが無ければ怨恨殺人であることはわかりにくかったはずだ。

「犯人は消すつもりだったんだ。だが邪魔が入った」

「そうか、警官が来たんだ」

警官がやってきたことを知った犯人は急いでその場を立ち去るしかなかった――

「空き家だとわかっている部屋でチラチラ懐中電灯の明かりが見えたなら、警官はまたここが麻薬パーティに使われているかもしれないと疑念を抱いただろう。なにしろ場所が場所だ」

ここブリクストンはロンドンの中でもかつてもっとも治安が悪いといわれたサウスロンドンの中心部だった。駅前こそ人通りが多くにぎわっているが、一歩脇路に入れば一目見てわかるほど明らかにガラの悪そうな連中が座りこんでいる。

「僕がずっと解けなかったのは、被害者は犯人を知っていたのになぜ犯人の名前を書かなかったのか、ということだった。なぜならエノーラはその場で犯人の正体を知っている。ここに来るまで自分が殺されるかもしれないなどとは彼女は思っていなかった。そしてここで不運にも毒入りタンポンを使用し死に至った。犯人はその場にいた。なのに名前は書かなかった……。エノーラは犯人を知っていたが名前は知らなかったんだ」

「知らなかった？」

「もっと正確に言うと、彼女は犯人の名前を忘れていた。犯人はエノーラのことを覚えていた」

「一方的に犯人が憎んでいたってこと？」

「そう、あらゆる負の感情を抱いたと言ったほうがより近い」

話している間にも、私たちの乗るベントレーはロウリストン・ガーデン三番地を通り過ぎた。目的地は被害者の旧居ではないらしい。シャーリーはいったいどこへ行こうとしているのか。

「ところでジョー。夜中にひっそりと死んで貰わなければならないとしたら、タンポンは夜用だろう。いったいどうやって犯人は毒入りタンポンを被害者たちに渡したのだと思う？」

私は眉間に皺を何本も寄せて考え込んだ。というのも怨恨殺人だと言われるまで、てっきりタンポンの製造工場で働くだれかが毒入りを混ぜたのだと思っていたからだ。

私の考えなど手に取るようにわかるらしいシャーリーは、憤然とした顔で、

「僕があれほど言ったのに、ヤードは製造工場に捜査に入ったらしい。おかげで記者会見直後からイギリス中のスーパーや薬局が大騒ぎで回収している。グレグスンは犯人が工場で働いている低賃金労働者だとあたりをつけているようだ。まったくの見当はずれだ。これでは黒幕の思うつぼだ」

「えっ、犯人には黒幕がいるの!?」

「初めから僕は複数犯だと言っているが」

非難がましいシャーリーの視線をさらりと躱《かわ》して、私は自分の知りたいことを彼女か

ら早く聞き出そうとした。

「たしかに大騒ぎになってるよね。私が買い物に出ている間にちょうど記者会見があったみたいだけど、薬局に寄ったときにはもうタンポンは置いてなかったもの」

「レストレードだけは独自に動いてくれているが、グレグスンの大号令がかかってはヤードは見当違いの捜査に乗り出すだけだ。時間を無為に浪費するだけだ」

「わかった」

私は勢いよく彼女を指さした。

「シャーリー。毒入りタンポンを個別に狙った相手に渡す方法がわかったよ。ショップだ」

するとシャーリーは私にも他人にもめったに見せない極上の微笑でこちらを見た。

「ドクター、君の見解を聞こうか」

「犯人はスーパーか薬局のレジにいたんだ。それでタンポンを買った相手に毒入りタンポンのサンプルをつけた。タンポンを購入する人なんて生理中ですぐ使うに決まってる。そこでさもオマケのようなふりをして相手に薦めた。きっと新製品とかなんとか言って」

犯人はレジを打ちながら、注意深く被害者を選別していたに違いない。だれを殺そうか。だれに毒入りのタンポンをつけようか。

「そしてエノーラを見つけたんだよ。犯人とエノーラは面識はあった。けれどエノーラは犯人のことを覚えていなかった。小学校とかハイスクールの同級生だったのかもしれない。エノーラは犯人をいじめていたのかも。それで何年かぶりにロンドンで再会した」

「……悪くない推理だ。だけど核心はついていない」

「違うの？」

「きっとヤードはそういう捜査をするだろう。エノーラの出身地、卒業した学校、近所づきあいを隅から隅まで調べ上げる」

「間違っているの？」

「間違ってはいない。ただそうしている間に犯人は遠ざかる。真実にたどり着いたころにはもうどこにもいない」

キッとブレーキ音も心地よくベントレーが停車した。まるでホテルの前に横付けされたようにシャーリーは優雅に車から降りた。私はトンネルをくぐり抜けるモグラのようにあとを追った。

そこはブリクストンの駅近くにあるストリート沿いの、ロンドンっ子なら知らないものはいない有名な薬局チェーンの看板をかかげた店だった。エノーラがシティにある勤務先に地下鉄で通っているなら、ちょうど間に位置している。彼女はここでよく買い物をしたに違いない。

「やっぱりショップじゃないか」

シャーリーはなにも言わず、早足で店の中へ歩いていった。冬の初めだというのに店内は暖房が効いて温かく、リゾートなどの南の島でかかっているようなのんびりとした曲がかかっている。生活用品に囲まれた日常的な空間なのに、流れている音楽だけが非日常でどこか違和感があった。

彼女は商品には目もくれずまっすぐにレジへ向かった。平日の昼間とあってそんなに買い物客は多くはなかった。レジには一人だけ店員が入っていた。まだ若い。三十代前半といったところか。少しくせのあるブラウンの髪をゴムでひとつに束ねている。化粧気のないごく平凡な顔立ち。ほかにもこれといって外見に特徴はない。

商品もなにも持たず、レジの前に向かってくるシャーリーを店員は不審気な目つきで見上げた。いったいどうするつもりだろうと私は内心穏やかでなかった。この店に勤める人間が犯人なら、犯人はこの女性なのか。それとも別のシフトで入っているのか。いまはバックヤードにいるのか。シャーリーはなにをするつもりなのか。

しかし、私のそんな胸の内もマシンガンで吹っ飛ばすがごとく、シャーリー・ホームズは直球だった。

彼女は黙ってレジカウンターの女性の前に立った。そしてポケットからなにか小さいものを取り出して彼女の前に差し出す。

「何？」

「サンプルだ」

シャーリーが渡したのは袋に入っている新品のタンポンだった。

「もっとも、シアン化水素溶液は入っていない」

傍目から見ても、女性が体を硬くしたのがわかった。

「ジョー、紹介する。彼女がこの一連の事件の犯人、ジェニファー・ホープ嬢だ」

いきなり犯人を名指ししたシャーリーに私は度肝を抜かれた。

「な、なに言って、シャーリー」

「まだ店にいたとは意外だった。もうとっくに逃げたと思っていた」

ジェニファー・ホープとおぼしき女性はレジのカウンター越しに信じられないという目線でシャーリーをにらみつけた。

「あなた誰」

「シャーリー・ホームズ」

「警察？」

「顧問探偵だ」

ジェニファーはふっと小馬鹿にしたような顔で笑い、

「なにか用ですか。買い物がないならどいてください。ほかのお客さんに迷惑なので」

「客などいないし君から買いたい人間もいなそうだ。シアン化水素溶液入りのサンプルを押しつけられたらたまったものじゃない」

そのときのシャーリーの口調ときたら、パンプキンの硬い外皮も一刀両断しそうな鋭さを帯びていた。私はジェニファーに注目した。こんな場所で人殺しだと決めつけられて果たしてどんな反応をするのだろう。場合によっては一気に墓穴を掘る可能性もある。

「この店に勤務して二年。その前は会計事務所、法律事務所、いずれもデスクワークだ。十二年前、市内の大学の応用化学科を卒業したのに、希望していた研究職にはとうとう就けなかった」

十二年前ということは、彼女はすでに三十代の後半ということになる。若く見えるのだろう。

「君はここで手に入れた毒入りのタンポンを配る人物を選別した。生理用品という特殊な商品上すぐに使ってくれそうな客は一目瞭然だ。死亡した四人の所得がいずれも平均よりも高かったことを考えて、君はタンポンは日本製だと言ったのかもしれない。夜用だとさりげなく念を押せばわざわざ昼間に使う人物はいない。初めは君がわざとリッチな女性を選んで渡したのかと思っていた。サリィ・デニスは銀行勤務、ルーシー・スタンガスンは高級ホテルに宿泊しているユタからきた旅行者、ノーマン・ネルーダは言わずと知れたヴァイオリニストだ。サリィは高級ブティックの紙袋をいくつももっていたし、ルーシーはあきらかにアメリカ訛りの旅行者だ。君は人生で一度も海外旅行に出たことはないのに彼女は何度もイギリスに来ているという。そういう話をしたんだろう？ルーシーにいつも家で使っているタンポンと同じモノはないかと尋ねられたはずだ。わざわざ値段の高い米国製を買っている。包み紙を見ればわかる」

「…………」

レジの背後は壁、前方にはシャーリー。カウンターの出入り口には私が立っている。彼女は動けない。ジェニファーが黙っているのをいいことに、シャーリーはいつもの早口でまくし立てた。

「君は理系の大学を出たのに思っていた職に就けず、一つの職場に長く勤められなかった。ついにデスクワークの職にすらあぶれるようになり、今の仕事をせざるを得なくなった。家賃を二ヶ月滞納し大家に何度も出て行くよう言われている。君はここでにこやかに接客しながら、憧れの職につき、外見にお金を掛けブランドのバッグを持ち、左手の薬指に指輪をしている女性を殺そうと考えた。自分より恵まれているただ幸運なだけな女性達を」

シャーリーの無機質な詰問にも、ジェニファーは動揺を見せることはなかった。

「シャーリー・ホームズ、ね。誰だか知らないけれどドラマの見過ぎよ、女優になりたいんだったらテレビ局へ行けば。綺麗だからきっと会ってくれるプロデューサーもいるんじゃないかしら」

口紅の剝げた唇をぺろりと舐めてジェニファーは言った。

「面白かったから黙って聞いてたけど、それって全部あなたの憶測よね」

「憶測でなくしたのは君の失策だ、ジェニファー。RACHEのせいだ」

シャーリーがRACHEと口にした時、彼女は顔色を変えることはなかった。ただほんのわずかに視線を下へ向けた。それは瞬きするほどの一瞬でしかなかったが、シャーリーや私が確信を深めるのには十分すぎた。

「カウンター越しに接しただけのいきずりの客を殺せばよかったのに、君はそこで欲を出した。個人的にかかわりをもった相手を殺すことにしてしまった。エノーラ・ドレッバー。クレジットカードから彼女の名前はすぐにわかる。頻繁に買い物をするところから察するに近所に住んでいるらしい。フェイスブックは犯罪のためのツールといっても言い過ぎじゃないな。君はネットでエノーラがどこに勤めているのかを知った。あるいは彼女が会社のロゴ入り封筒をバッグに入れているところを見た？……なんでもいい、とにかく君はエノーラが自分の憧れていた会社に勤めていて、恵まれた生活を送っていると思いこみ、ひどく妬んだ。それどころかある日彼女の薬指に真新しい婚約指輪が光っていることに気付いた。彼女に結婚が近いことを知った。君はエノーラを殺すことにした」

「たったそれだけで？」

ぷっ、とジェニファーがわざとらしく吹き出す。

「そんなことでいちいち人を殺してたら、ロンドンから人がいなくなるんじゃない？」

「僕はなぜ、エノーラが君のことを知っていながら、あんな妙なメッセージを残したのだろうと思っていた。君があれを書かせたことは明白だ。君はエノーラと顔馴染み程度には親しくなっていた。被害者のうち、この近辺に住んでいたのはエノーラだけ。ということは複数回会ったことがあるのも彼女だけだ。何度も会ううちに挨拶ぐらいはするようになるだろう。今度結婚するの、とぐらい言ったのかもしれない。この時点で君はまだエノーラを殺すつもりはなかった。だがちょうど、君が毒入りのタンポンを用意し、犠牲者を選んでいるときに彼女は再び現れた」

指輪を探しにやってきた夜、すなわち昨日だ。昨日、彼女はこの薬局に立ち寄ったのだとシャーリーは言う。

「なにが引き金になったのかわからない。だが君はその時衝動的に彼女も計画の被害者にすることに決めたんだ。おそらくもう引っ越してこの界隈にはいないけれど、指輪を探しにたまたま戻ってきただけだ、とでも話したんだろう。君は彼女を殺すならいましかないと思った。彼女は友人ではない。ブリクストンから引っ越したのだから、この夜を逃せばたぶんもう二度と会うことはない……

君はとうとう毒入りのタンポンを渡した。指輪を探しに来ただけなら、エノーラがグリニッジの新居に戻って寝る前にそれを使用すると思ったからだ。だがエノーラは帰らなかった」

シャーリーの推理が進むごとに、不思議なことにジェニファーの態度は犯人らしからぬゆったりと落ち着いたものになっていった。まさかシャーリーの推理が間違っているのではないかと心配になるほど、ジェニファーの反応は普通だった。わざと余裕ぶっているわけでも、狼狽えるわけでもない。あくまで自然体なのだ。

この落ち着きはどこからくるのだろう。それとも本当に彼女は事件に関与していないのか。

「君はエノーラのアパートの場所を知っていた。勤務が終わりアパートの前を通りかかったとき、君はまだ彼女が指輪を探していることを知った。君は部屋の位置から割り出したドアベルを鳴らし、さも心配しているふうに見せかけて彼女の部屋へ行った。そしてしばらくは捜し物に付き合った。指輪はなかなか見つからず、運の悪いことにエノーラは君が渡した毒入りタンポンを使用してしまった」

私はちらっと視線を泳がせた。シャーリーが店にまで押しかけて彼女を追いつめようとしている理由がわかった。カメラだ。もし彼女がここで失言すれば、それは防犯カメラによって記録される。レジの位置ならまちがいない。

「君は具合が悪くなって倒れ込んだエノーラが死んでいくのをゆっくり側で見ていた。彼女がメッセージとなる単語を口紅で書き、息絶えるまで」

「……………」

「なぜそんなことをしたのか。なぜここでエノーラは君の名前を書かなかったのか。それは簡単だ。君はその場で、彼女に伝えていた名前が偽名であることを明かしたからだ。だからエノーラは書いても無駄だと悟った。本当は〝RACHE〟という口紅の文字も消すつもりだったんだろう？　だが警官が押しかけてきたから出来なかった。君は急いで細工をした。エノーラが書いたのはRACHEではなかった。彼女にドイツ語の知識があったとしても母国語でない以上わざわざドイツ語を選択してこれが復讐であることを伝えるだろうか。答えは否だ。彼女はRACHEと書いたわけではない、彼女が書いたのは——

——」

そこで初めて、ジェニファーが身構えるように大きく息を吸い込むのを私は見た。

「AChE」

聞き慣れない単語がシャーリーの口から飛び出す。たしかそれは酵素の名前だったと、私は急いで大昔に丸覚えした医学書の内容を思い出そうとした。

「アセチルコリンエステラーゼだ！」

「君が大学にいたころ、認知症の薬について研究していたことがあるはずだ。アセチルコリンエステラーゼ阻害薬を扱う論文を君たちのグループは提出している。君と——エノーラを含めたチームだ」

まるでその論文が目の前にあるかのようにシャーリーは言った。

「君は研究者になることを夢見ていた。だが、希望した会社はおろかデスクワークの職すら長続きせずついにそれも失った。ドラッグストアのパートタイムスタッフはエリートを目指していた君にとって屈辱的な仕事だった。それを運の悪いことに大学で同じチームにいたエノーラに見つかった。だが君にとって一番屈辱的だったことは、エノーラが製薬会社に就職し、自分が薬局の販売員になっていることではなかったんだ。君は一目でエノーラに気付いた。だがエノーラは君に気付かなかった。彼女は君のことなど覚えていなかった」

残酷な一言をシャーリーは突きつけた。

「何度会っても、彼女は君に気付かなかった。なじみの店の店員と客として話すようになっても彼女は君がジェニファー・ホープだと気付いてくれなかった。そして君も真実を話すことをしなかった。彼女が自分を忘れているならそれは好都合だった。適当な偽名を告げて誤魔化した。君は安堵するとともに彼女を激しく憎んだ」

ジェニファーはなにも言わなかった。まるでなにか話せばボロがでてそこから自供に至ってしまうことをテレビドラマから学んでいたかのように、じっと口をつぐんでいた。

けれど私には、かつて自分と同じ立場にいた者がどんどん幸福へと近づいていくさまを見せつけられて歪んでいく彼女の心内が手に取るようにわかった。

どうして自分はここにいるのだろう。どうして自分は彼女のようになれなかったのだろう。昔を思い返せば思い返すほど、いま職と恋人を得て成功した彼女と失敗した（と思いこんでいる）自分を比べてしまう。

そしてその自分への哀れみや、妬み、羨望、後悔、焦り——さまざまな感情が寄り集まって、ジェニファーの心の堰を押し流してしまう時がついに来てしまった。

「君は具合が悪くなっていくエノーラに言ったはずだ。彼女がどうして死にかけているのか。毒入りのタンポンのことを。そして口紅を渡しておそらくこう言った。『私の名前を書いてみろ』とね」

床に倒れ苦しみ踠《もが》きながら、エノーラは必死の形相でジェニファーをにらみつけただろう。そして記憶を探った。昔会ったことがあると言う犯人のことを思い出そうとした。しかし名前は思い出せなかった。ただ、大学で同じ研究チームにいたことだけは思い出したのだ。

〝AChE〟と書いてエノーラは力尽きた。最後までジェニファーの名前を思い出さないままだ。おかしなことではなかった。私だって大学時代の同級生の名前を全部覚えていたりはしない。

ただ一方的にジェニファーがエノーラに気づき、彼女が自分を覚えていないことにショックを受け、彼女が幸せになろうとしているさまを見て妬みを募らせた結果に過ぎない。

「警官が上がってこようとしていることに気付いた君は、急いで口紅の文字を消そうとした。だが擦っているヒマすらなかった。ドイツ語の教養があった君はAChEをRACHEにすることを思いつき、口紅で書き足した。ヤードの連中は気付いていなかったが、僕にはhをHにするのに上部分が書き足されているとすぐにわかった。もともとあった単語に何文字か書き足して違う単語にしたということならばドイツ語で復讐なんてわざとらしいメッセージになったのもうなずける。怨恨殺人のセンで捜査が入っても君は一向にかまわなかった。なにせエノーラは君の名前すら知らないのだ。携帯のアドレスも交換していない。共通の友人もいない。エノーラに対する怨恨殺人に固執すれば、毒入りタンポンによるほかの三名の無差別殺人が成り立たない。捜査は混乱し、ますます君から遠ざかる」

ジェニファーを徐々に追いつめながらも、シャーリーの口調は切り出した当初とまったく変わらない。よどみなく抑揚が無く、まるでアンドロイドが喋っているようだ。

「君はうまくやったと思っているだろう。だがいずれ捕まる。このレジに向けられたカメラに君とエノーラが親しげに話す映像が残っているだろう。膨大なデータを洗い出した末に警察はこの店にたどり着き、そこから死んだ四人がすべて同じ日に生理用品を買ったことを突き止めるはずだ」

「カメラなんて見なくても、レシートが財布に残っていればもっと早くここがわかったはずよ」

ようやくジェニファーが口を開いた。彼女が犯行を認めるような供述をしたことに私はひどく驚いた。

(もしかして認めたの!?)

シャーリーは短く首を振った。

「レシートは燃えた」

「燃えた?」

私は思わず聞き返した。けれど、驚いたことにジェニファーはそれをも肯定した。

「そうよ、マジックでもよくあるフラッシュペーパー。わざと引火しやすい薬剤を染みこませた紙があるの。大学の時にマジックショー用に研究室で作ったのを思い出した。印刷もできるからレシートとしてあらかじめ用意してあれば万全でしょ。財布の中で燃えてボヤを起こすように」

「一酸化炭素中毒だと誘導しても検死をすれば小細工は通用しない。わかっていたはずだ」

「そうね。でもおもしろかったでしょう? ミステリ小説みたいで」

　彼女はゆったりした手つきで髪の毛のゴムを外し、手櫛で髪をもう一度纏め直した。

「べつにボヤを起こさなくても詳しく検死すれば青酸中毒だとわかったはず。フラッシュペーパーのレシートも単なる小細工だった。ここで買い物をしたことがわからなければよかった。深い意味はないのよ」

　犯人に対して抱く印象として相応しくないほど、ジェニファーはどこまでもさっぱりとしていて潔かった。もしかしたらこのままおとなしく自首してくれるのだろうかと私は期待した。

「警察へ行こう」

「どうして？」

「君が犯人だ」

「だとしてもどうして？」

「証拠がないと言いたいのだろうが残念ながらある。店内のビデオカメラだ。ヤードはいまごろ被害者たちが昨日この店を使ったことを突き止めている。君と被害者たちが交わした会話も。君がレジから出てきたレシートではないものを渡していることもカメラに映っているはずだ。君のさっきの証言が証拠になる」

「本当に？」

ジェニファーはエプロンのポケットに手をつっこんだままぼんやりとシャーリーを見ていた。その様子がどこか心ここにあらずのようで、不審に思ったらしいシャーリーが目をすがめる。

「何？」

「本当にそんなビデオがあるの？」

「ある」

「証拠ってそれだけなの？」

強気に、そして挑戦的に彼女は言い返す。

「もちろんほかにもある。君の仲間が被害者たちのアパートの暖房を使えなくするためにわざと電気配線にトラブルを起こすよう配電ボックスを弄《いじ》った映像だ。君も知ってのとおりロンドン中いたるところにカメラが設置されている。そのおかげで通り魔的犯罪が格段に減ったと首相がさも自分の手柄のように喚いていた。君も一度くらいはニュースでショーを見たはずだ」

「そうねえ、ロンドンオリンピックは別の意味で散々だったけれどね」

「君の仲間の姿が映っている。エノーラ・ドレッバー以外の被害者の自宅前でもう一人の犯人の姿が録画されている」

「本当に？」

私もまた彼女の様子を奇妙に思った。いまここでまさに追いつめられようとしている犯人にはそぐわない雰囲気を感じたのだ。

（まるで他人事だ。どうして…？）

「本当に、そんなカメラの映像がある？」

「…………」

シャーリーはもう一度目をすがめる。先程より険しく。

そしてゆっくりと耳たぶに人差し指をもっていった。指先があの大きなパールに添えられる。

「……ミセス・ハドソン。スコットランドヤードのレストレード警部に繋いでくれ」

その瞬間だった。ジェニファーが思いも掛けない行動に出た。

「あっ」

ジェニファーは目の前にシャーリーが立っているにもかかわらず、カウンターを飛び越えた。シャーリーに体当たりし、彼女がふらついた隙に側においてあった台車を彼女に向かって強く押し出した。

「うわっ」

その台車の上にはいくつか段ボール箱が積み上げられていた。陳列するはずの商品が入っているのだろう、蓋が開いていたため、上に載っていた段ボール箱はシャーリーにぶつかった衝撃で中身をまき散らしながらふっとんだ。生理用ナプキンの包みが宙を舞う。

「……っ、ジョー、追え！」

まるで犬をけしかけるようにシャーリーが叫んだ。私は一目散に逃げるジェニファーを追った。彼女は店を飛び出し、アトランティックロード沿いの歩道を、通行人を押しのける勢いで走っていた。アトランティックの名が示すように、この辺りはカリブ系の移民が多い。私は今朝方シャーリーが高級車でここに乗り付けたとき、どこか違和感のようなものを感じたものだった。

薬局のある駅前は思ったより明るく人通りが多かった。私がロンドンを留守にしている間にブリクストンも随分変わったようだ。最近はカリブ系やアフリカ系ばかりではなく白人の住人も多いし（なにせ家賃が安い）、おしゃれな南洋をイメージしたカフェも増えたという。それでも私は家賃のためとはいえ敢えてこの辺りに住もうとは思わなかった。そういう地域なのだ。

（そういう街に女一人で住むなんて、エノーラもジェニファーもそうまでしてロンドン

に住みたかったんだろうか）

　ふっと視界からジェニファーが消えた。私は通りの角に立ちすくんだ。急いで四方を見渡したが彼女の姿がない。

（しまった、見失った！）

　急いでバッグから携帯を取り出し、シャーリーにかける。彼女はノンコールで出た。

「ごめん、見失っちゃった」

『どこにいる。近くに駅は？』

「ええと……」

　きょろきょろと辺りを見渡す。アンダーグラウンドの赤いサークルが見えた。

「地下鉄がある！　きっと地下鉄で逃げたんだ。ええと……ヴィクトリアライン！」

『ジョー、落ち着け。ブリクストンには郊外鉄道もある。そちら側ではないんだね』

　言われて、ここがサウスロンドンであることを思い出した。たしかにブリクストンには郊外鉄道もある。

「場所は……、店からそんなに離れてない。シルク専門店かなにかの大きなショップの前を走って大通りに出たんだ。目の前に地下鉄の入り口がある！」

　私がすぐさま地下鉄に飛び込もうとすると、スピーカーの向こうから制止する声が聞こえた。

『待てジョー。今更追いかけたところでどこで降りたのかすらわからない。それよりいい方法がある』

ブッと電話が切れたのとほぼ同時に、あの白いベントレーが横付けしてきた。私はすぐさまシャーリーの隣に乗り込んだ。私が顔もあげないうちにベントレーは発進した。

「この位置で見失ったということは郊外鉄道に乗ったんじゃない。郊外鉄道の駅はこの通りの先だ」

「地下鉄に乗ってどこへ逃げたの？」

答えをくれたのはシャーリーではなく、見えざるミセス・ハドソンだった。

『ジェニファー・ホープは現在ヴォクソール駅付近に移動中。移動速度から地下鉄を使用していると思われます』

私の、どうしてわかるんだという問いは発せられる前に叡智をもつものによって答えが与えられた。

「ジェニファーに発信器を仕込んだ」

「まさか、あのタンポンのサンプル⁉」

薬局に着くなり、シャーリーがジェニファーに手渡したタンポンのことを思い出した。

発信器を仕込んでいたとは。

「ミセス・ハドソン、追ってくれ」

『承知しました。チェルシーブリッジへ向かいます』

ベントレーはバタシー地区にある橋からテムズを渡るべく方向を変えた。このまま北上すればウエストミンスター地区、つまりロンドンの中心部にたどり着く。ジェニファーがなんのために、そしてどこに向かっているのかは依然謎のままだ。

「正直、あんな普通そうな女性が犯人だったなんて、なんだか信じられないよ」

私は言った。

「そもそもあんな治安の悪い場所に、エノーラ以外の三人はどんな理由で立ち寄ったの？」

最初のメイフィールド、ホテルのあったメリルボーン、郊外近くのニュークロス、被害者たちの自宅はどれもここブリクストンから遠く離れている。

「治安が悪くて黒人が多い地域だからこそ、よそ者は一目でわかる。よそ者であればあるほどあの薬局との接点は見つかりにくくなる。ジェニファーはだからこそほかの三人を選んだ。銀行員のサリィ・デニスはあの地区にあるライブハウスのコンサート帰りだった。ヴィクトリアラインで繁華街へ戻り買い物をしてから帰宅した。ルーシー・スタンガスンは大のチョコレート好きで、ブリクストン駅近くのチョコレートミュージアムに用があった。ノーマン・ネルーダはやはりブリクストン駅近くの大学に講演の予定があった。ジェニファー・ホープが優れていたとすれば、その嗅覚だ。彼女たちが普段この駅を利用しないよそ者であることを一目で見抜いたんだ」

「どうやって？」

「身なり」

私はすぐに理解した。ブリクストンは低所得者層が住む街だ。着ている服や持ちもの、アクセサリー、ヘアまで外見はその人の所得をそのまま反映している。

シャーリーはふうと息を吐き、シートに頭までもたれかかった。

「彼女、なんだかぼうっとしてたね」

「ジョー？」

「シャーリーに痛いところを突かれているはずなのに、すごく上の空だった。まるで他人のことを言われてるみたいに平然としてた」

あの南国ののんびりとした音楽——いま思えばあの地域に住むカリブ系の黒人達が好むのだろう、外の寒さを忘れそうになる空気に囲まれて、ジェニファー・ホープは堂々としていた。ドラマで見る、探偵に事実をつきつけられて狼狽え逆上するような犯人像とはほど遠いイメージだった。

「なんであんなにゆったり構えていられたんだろう。もしかして彼女は本当の犯人じゃないのかも……？」

「黒幕はいる」

きっぱりとシャーリーは言い切った。

「でなければ、監視カメラの映像をすべてすり替えるなんてできはしない」

「すり替える？　カメラの映像を？」

「君が買い物に出ている間のことだ。僕がミセス・ハドソンにジェニファー・ホープが映っている監視カメラの映像を検索させた。ロンドン中の監視カメラから探させるにはもっと時間が必要だったが、幸いなことに場所が限られていた。たしかにロウリストン・ガーデン三番地のアパートに入っていくジェニファーの姿が一ブロック離れた交差点の監視カメラに映っていた。ほかの被害者宅の電気配線も、前日帽子を目深にかぶった不審な男が配線工事のふりをして近づいていた。なのに、消えた」

「消えた!?」

「さっき君がジェニファーを追いかけている間にレストレードに電話をかけた。カメラの映像を管理している課に言って探させたが、カメラの映像に特に不審な人物は映っていなかったという」

「……どうして」

「ジョー、もし君がジェニファー・ホープの態度に余裕を感じたのならそれも当然だ。僕がミセス・ハドソンに探させ確かめて以降に、だれかが映像にアクセスしたことを知って記録を書き換えたんだ」

私は勢いよく首を真横に向けた。

「そんなとんでもないこと、誰が!?」

「もう一人の犯人――、いや、一人でないかもしれない。とにかくジェニファーはそんな大それたことが可能であることを知っていたからこそ、僕の詰問にも余裕の表情を見せていられたんだろう。そして彼女は彼等からの情報によって、僕がここをつきとめ来ることも予測がついていた」

「そうか、ヤードの記録を書き換えられる相手なら、画像を管理するデータベースに外部からアクセスがあったこともわかる」

「店の人間に確認したよ。随分前から店を辞めるつもりだったらしい。今日が最後の日だったんだ。本当は出てきたくなかっただろうが、急にやめては不審がられると思ったんだろう。あるいは、僕を待っていたのかも」

冬のロンドンの日没は早い。遠くに見えるビッグベンも黄金がかっていて、街は川岸から夕日を浴びいち早く夜を迎えようとしていた。世界中の多くの都市が川を中心に栄えてきたというけれど、この街ほど多くの蛇行をもち、石造りの堅固な建物がからみつくように長く川岸を縁取る街を私は見たことがない。

ベントレーはゆっくりと夕日の色に染まるテムズを渡り、ロンドンの中心部へ戻ってきていた。ふいにミセス・ハドソンの声が響いた。

『ジェニファー・ホープと思われる人物の移動速度に変化がありました』

「場所はどこだ」

『グリーンパーク駅です。また速度があがりました』

「そうか、乗り換えたんだ！」

私は必死でロンドン市内の地下鉄マップを頭の中に思い描いた。ええとたしか、グリーンパークで乗り換えられるほかの線はジュビリーラインと……

「ピカデリーライン！」

私たちは顔を見合わせた。ジェニファーはどこへ向かっている？　ロンドン一の繁華街であるピカデリーサーカスに向かっているのだろうか。

「ヤードのやつらが薬局に来られなかったのは、証拠が消えたせいだ。レストレードがどう言おうと証拠がない以上グレグスンを説得できまい。グレグスンは犯人をタンポン工場の従業員だと疑っている。いまごろ途方もない数の警官を動員して工場を洗っているはずだ。そうこうしている間にもジェニファーは遠くへ逃げる」

だれよりも優秀な家主ことミセス・ハドソンが逐一彼女の場所を報告する。

『追跡対象者の移動速度が落ちました。サウスケンジントン駅です』

驚いたことに、ジェニファーは繁華街ではなく郊外へ向かおうとしているようだった。サウスケンジントンはピカデリーサーカスとは逆方向だ。しかもサウスケンジントンで乗り換えられる線はディストリクトラインとサークルラインである。

「彼女はどこに向かってるんだろう。サークルラインを使うならグリーンパークでわざわざ降りなくてもよかったんじゃ…」

オリエントエクスプレスの終着駅として名高いヴィクトリア駅には双方の地下鉄も乗り入れている。そのことをジェニファーが知らないはずはないのに。

ベントレーは情報に振り回されるように方向を変え、ロンドン市内を走り回っていた。車と電車ならば電車のほうが速いに決まっている。このまま彼女が電車で郊外へ向かって走り続ければどんどん距離が開くばかりだ。

「見つかったな」

シャーリーが表情を変えずにただ言った。

「もしかして、発信器を棄てた？」

「いや、そのまま棄てるより、だれかのポケットに忍ばせたほうが僕らの目をごまかせると思ったらしい。思った通り彼女の頭の回転は悪くない」

「あのねえ、そんな感心してる場合じゃ……」

「僕の予想ではジェニファーはまだピカデリーラインに乗っている」

シャーリーがミセス・ハドソンにピカデリーラインの路線図を出すように言った。すると私たちの目の前にタッチパネルと見まごうばかりのホログラムが現れる。こんなとでいちいち驚いていられないのはわかっているが、どうやらこの車には戦車ほどの改造費が掛けられているらしい。

「ピカデリーラインね、とすると……」

ロンドンを縦横無尽に走る地下鉄のラインの中でも、もっとも長く郊外へと繋がっているのがピカデリーラインだ。彼女が乗り換えたと思われるピカデリーラインの終点は
……

「ヒースロー!?」

勢いよく起きあがったせいで私は天井に頭をぶつけそうになった。

「まさか、彼女高飛びする気なの⁉」

「そのまさかだろう」

「シャーリーはどうする気？　このまま彼女を追うの？」

「パディントンでヒースローエクスプレスに乗る。ジェニファーに追いつくにはそれしかない」

ベントレーがまた急に方向を変えた。そのたびに私は中でふっとばされそうになる。さすがコンピューターが操縦しているだけあって、中の人間のことなどお構いなしだ。

「ミセス・ハドソン、ハイドパークをつっきれ！」

私たちを乗せたベントレーはスローンストリートをまっすぐに北上し、ロンドンで最大面積を誇るハイドパークの北に位置するパディントン駅を目指し始めた。そこからヒースローエクスプレスかコネクトに乗車できれば十五分たらずで空港に到着することができる。ジェニファーは地下鉄で移動しているからゆうに五十分はかかるはずだ。空港で彼女を捕まえるにはそれしかない。

「うわっ、さすがにこの時間渋滞してる」

ドミノのように縦にならんだ赤い二階建てバスの脇に、乗用車がぎっしりと詰まっている。当然のようにベントレーは脇道に入った。映画で見る犯人を追跡する警察車のような猛スピードで細い石畳の上に乗り上げ、ロンドンを駆け抜けていく。私ときたら左右に揺さぶられるため軽い吐き気をもよおしていた。それでも必死で前を向きながらシートにしがみつく。あとで気が付いたら、運転手であるダッチワイフ人形の首を締め上げてしまっていた。

スペインの追い牛のように暴走していたベントレーが急に止まったので、私は車の中で大きくバウンドした。

「どうした」

『妨害されています』

驚いたことにさっきから数ブロック進むごとに目の前にタクシーが現れる。ベントレーが脇道に逸れると、やはりそこにもタクシーが待ちかまえている。まるで私たちを先に進ませたくないだれかが指示しているとしか思えなかった。

「こんなこと……、ジェニファーにできるはずがない」

私は確信せずにはいられなかった。三十代後半、収入に不満を持っている独身の……、孤独な女性。大学を出たはずなのに今の仕事は立ち仕事で、ロンドンにいながら華やかなことに縁がない。なのにロンドンから離れられない。彼女はまるで私のようだった。

あのロンドンのどこにでもいそうな平凡な彼女が、ロンドン中のタクシーをこのハイドパークに集めて私たちの行く手を遮れるわけがない。シャーリーのいう黒幕が手を回したに違いなかった。

「後ろにもいる！」

いつのまにか、私たちのベントレーは路地の前後をトラックによって塞がれてしまっていた。そしてトラックの運転手は私たちが見ている前で堂々と運転席から降りて逃走してしまったのだ。これではベントレーはどこへも行けない。

「ジョー、行くぞ」

シャーリーに躊躇いはなかった。颯爽とベントレーから降り立ち、路地を南の方角に進み始めた。

「ミセス・ハドソン、マイキーを呼んでくれ！」

ピアスに指を当てたまま、シャーリーが叫ぶ。私は彼女の白いコートに先導されて後を追いかける。いったい彼女はどこへ行くつもりなのか。

「……どうせ全部見ているんだろ。なのにどうしてジェニファーを行かせた!?　地下鉄を止めるくらいなんなくできるくせに」

私はぎょっとした。あいかわらずすごいことを言っている。話している相手はストレスが溜まるたびに高額の買い物をするという元ベントレーの持ち主だ。

「特急は諦めた。別ルートでヒースローへ行く。早く〝タクシー〟を寄越してくれ。ああ黄色いやつともうひとつ……。貴女のデスクからブリッジはよく見えるはずだ!!」

シャーリーはピアスに指をあてるのをやめた。

「ジョー！」

その手が私にさしのべられ、私は何の躊躇いもなく受け取る。ロンドンの夕暮れの中を、私たちはいつのまにか手をつないで走っていた。キングスロードへ繋がる細い一方通行をテムズに向かって進む、駆ける。私たちが走るたびにカツカツとヒールが鳴り響き、秒針よりも速いリズムを刻んでゆく。

「シャーリー、君、走って大丈夫なの⁉」

元々鍛えていた私はこれくらいの運動量では問題なかったが、シャーリーは持病持ちだ。しかも彼女の心臓は作り物なのである。はあはあと息があがっているのを見ると心配でしかたがない。

「問題、ない……」

明らかに辛そうな表情で彼女は言った。足を止めようとしない。どうしてそこまでシャーリーはジェニファーを止めようとするのだろう。真実を明らかにしたいから？　それともジェニファーをこのまま行かせてしまったら黒幕の存在を証明できないから？

もっと多くの被害者が出るから……？

（どうしてここまで…、君は警察でも政府でもなんでもないのに）

私たちはチェルシーの小洒落た地区を全速力でつっきった。通りに出ると急に風が顔にぶつかってきて思わず目を瞑る。テムズだ。目の前に大きな橋が見える。対岸に広がっているのがバタシーの公園。私たちが今日やってきたサウスロンドンだった。

なにを思ったかシャーリーは早足でアルバート橋を渡り始めた。

「シャーリー！」

彼女はちょうど橋の真ん中まで来ると、立ち止まって私を振り返った。

「ジョー、君も一緒にくるだろう？」

「えっ」

「来るはずだ」

「えっえっ、えっ…」

「GO!」

握っていた手をもう一度握り返すと、シャーリーはおもむろに橋の欄干に長い足をかけ、

「おいで」

一言言い置いて、なんと柵の向こう側のテムズへ飛び降りてしまったのだ。

「シャーリー！！！」

私は柵から身を乗り出した。それこそ少しでも背を押されようものなら、そのまま私まで彼女の後をおいかけることになりそうなほど。

「シャーリー！」

突風がぶつかってきて、私がシャーリーを呼んだ声を切り刻んでいった。必死に目を凝らす。私の予想では、シャーリーはテムズの中にどぼんとダイブしたあと、胸から上だけ波間に浮かんでいるはずだった。

しかし、彼女はいつも私の平凡な想像力を裏切っていくものだ。

「ジョー、早く来い！　出発するぞ」

私の予想を裏切って、シャーリーは一滴も水で濡れてはいなかった。彼女は全体が黄色くペイントされたアヒルのおもちゃのような船の上に立っていた。正しくはエアクッションの敷き詰められた船の二階から私を見上げていた。

「な、な、なにそれ…」

「いいから飛び降りろ。それでも軍人か！」

「元軍人だよ。それに私は軍医だ！」

「いくじなし！」

罵られてカッと頭に血がのぼった。そうだ、人工心臓の情緒欠陥アンドロイドにできて、厳しい訓練を積んだ私にできないはずがない。高所がなんだ川がなんだ。たとえ五メートル脇に落ちたって下は水だ死にはしない！

ものすごく久しぶりに十字を切って、私は思い切って欄干を乗り越えた。車で通り過ぎる人が私を自殺者だと思ったらしく、大声で制止を叫んでいるのは聞かなかったことにした。

(ファッキンロンドンの物価！ ファッキンロンドンの家賃！ ファッキン私を雇わなかったバーツの人事!! ファッキン私を振った男達!!)

お前ら全員ロンドンアイに一人ずつ押し込んで、ミサイルの的にしてやりたいわ。

「Shoooooooooot!!!」

――たとえ神様がお召しになる人間をリストアップし損なって、私の生涯がどんなに人より長かったとしても、テムズにかかる橋の上からダイブするなんて二度あることじゃない。

ぼむ、という音とともに全体重がなにかにぶつかり、私の骨と肉に衝撃を与えた。

（いいい痛ーー！）

私は屋根のような二階席に敷き詰められたエアクッションの上でごろごろと転がった。ずいぶん頑丈にできているらしいそのクッションは私の体重をほどよく受け止めてくれ、私は運良くテムズの洗礼を受けずにすんだことを知って大きく息を吐いた。

（し、し、死んでない）

すると、ごおんと大きく船が唸って金属が軋んだ。なにか言う間もなく私たちが乗った船が走り出す、しかも超高速で。

「ぎゃあああああああああああああああ!!」

心構えをしていなかった私はそのまま風圧にいいようにされて後ろにふっとんだ。かろうじて柵のようなものにしがみつき、体を支えることに成功する。

「なんだ、伝統あるロイヤルアーミーの将校のくせになさけない」

見ると、シャーリーは新兵の行進をチェックする司令官のような顔で、大きく足を開いて腕を組み悠然と進行方向を眺めていた。

「行け、ロンドンダック！」

シャーリー船長の命令を受けた黄色いアヒルは、イーストエンドへと繋がる橋の下をくぐり抜け、夕日に染まるテムズをものすごい水しぶきを上げながら逆走し始めた。私

はただただふっとばされないように屋根の上にしがみついているしかなく、

「じ、人工心臓なんてうそだ！」

「事実だ。ジョーも緊張をコントロールする術を身につけるといい。アスリートは皆やっている」

「なんなのこの船は！」

「ロンドン観光用のフェリーだ。普段はこのフェリーで観光客がロンドン塔やビッグベンをひやかしたりするらしい」

「これもお姉さんに借りたの⁉」

「Sure《もちろん》。これならロンドン中を自由に行き来できる」

たしかに陸を行く以上、ヒースローまでどんな妨害を受けるかわかったものではない。それこそロンドン中のキャブを動員できる相手なら、私たちは空港に着くまでに何度も渋滞に巻き込まれるだろう。

「だからっていってテムズの上を行こうとするなんてあたまがおかしいよ！」

「褒め言葉にしか聞こえない」

「褒めてない！」

なにせお互い会話している場所が水の上、しかも高速ジェット状態で船をかっ飛ばしているため怒鳴りあいのようになる。

「このままテムズでヒースローまでいくの⁉」

「まさか。地理的にもヒースローは河からは行けない。岸から随分離れている」

じゃあどうするんだと問うより早く、アヒルがごおんとうなり声を上げた。

『シャーリーお嬢様、前方の民間船が我々の進路を封鎖しようとしているようです』

ミセス・ハドソンの声が黄色いアヒルから聞こえる。

「どうするの、シャーリー！」

「ミセス・ハドソン、迂回しろ！」

シャーリー船長が叫んだ。しかし前方の観光用フェリーが次々に方向転換して行く手を遮ろうとしているのがアヒルの二階席からよく見えた。

「ぎゃーーーー、ぶつかる‼」

私は思わず目を瞑って叫んだ。しかし、黄色い鉄製のアヒルは意外な行動に出た。なんと河を対角線の方向に横断し、ビーチの上に乗り上げたのだ。

まさかの進路に私はただただ振り落とされないように二階席にしがみついているよりほかはなかった。なんとアヒルは岸に乗り上げるとそのままなにごともなかったかのように公道を走り始めたのである。

「水陸両用!?」

私は啞然とするしかなかった。ただのロンドン観光用のフェリーが、どうしてそんな軍装並のスキルを装えているのか意味がわからない。

陸に上がったことでアヒルの先端は青く塗られていることが判明した。アヒルはテムズ沿いのストリートを暴走に近い速度で走り続け、橋を越えたあたりでまたテムズの中に戻った。

「キュー王立植物園まで移動したらそこから別ルートを通る。陸路はまた同じ手で封鎖されるかもしれない」

「なんでこうも都合良く何度も邪魔されるの!? いったい犯人はどんな権力を持ってるの。私たちそんな黒幕と戦ってて大丈夫なの!?」

「質問はまとめてくれ」

「そんなのできるわけないでしょ!」

橋からダイブ。テムズの水をかき上げながら暴走する黄色いダック。そして陸に乗り上げてまた暴走。あまりの事件の連続にさすがの私もパニックに陥りつつあった。

「ジョー、落ち着いてくれ。大丈夫だ。もう少しで姉にレンタルしたタクシーが来る」

シャーリーが耳たぶのピアスに指を当てていた。なにかを呼んでいる。わかる。きっとなにかが来る――

「タクシーって…。まさか真っ白いベントレーとか黄色いアヒルとか、ともかく普通じゃないんでしょう。ホームズ家のタクシーなんだもの」

（きっと水陸両用のアヒルよりすごいものが――）

そのときババババババと爆音とともに後方からなにかが近づいてくるのがわかった。この空を激しく殴打するような音には個人的に大変聞き覚えがある。

（あ、あ、あ…）

見ずともわかる。この音はナイジェリアで、北大西洋で、アフガンで、私は何百回も何千回も聞いたのだ。

「なんなのタクシーって…、タクシーって、あれApache《アパッチ》じゃないの――!!」

アフガンでの友軍救出作戦でも大活躍したイギリス陸軍が誇る戦闘ヘリが、なぜか私たちの頭上まで迫っていた。

5

軍医はヘリに乗ることが多い。だから私は普通の兵士よりもずっとアパッチを見慣れていたし、乗り心地が別段いいわけではないことも、いざとなれば後方席に二人乗れることも、あまりのプロペラ音のせいでろくに会話ができないこともよく知っていた。けれど、テムズから上陸した黄色いロンドンダックから乗り換え、ヒースローに向かう途中に乗ったあの時ほど居心地も後味も悪かった記憶はほかにない。

「あのう、すいません。お忙しい陸軍の皆様にわざわざ送らせ……ちゃって……」

「…………」

返事はなかった。

(シャーリーのお姉さんって政府の要人だと聞いていたけれど、こんなタクシーがわりにアパッチを出動させちゃうなんてもしかしなくても陸軍の偉いさんとかなのかしら)

だとしたら彼女は私の元上司ということになる。面識がないことを切に祈るしかない。

英国史上、一般人が使うもっとも高速で高価なタクシーだったことは間違いないだろう。元同僚だった兵士達にうさんくささとそれ以上の迷惑顔で見送られ、私とシャーリーはあり得ない早さでヒースロー空港にたどり着いた。軍務用のヘリが着陸した場所は一般人が搭乗するゲートからは少し離れていたので、私たちはあまりのんびりとできなかった。広大な滑走路を建物に向かって歩いているだけで十分以上をロスしたからだ。

『シャーリーお嬢様、標的がヒースロー空港に到着したもようです。現在地下を移動中』

ジェニファー・ホープの乗ったピカデリーラインがようやく到着したようだった。シャーリーは耳たぶにひっついたイミテーションパールのピアスに触れながら、細かく標的の位置を確認する。

『ヒースローコネクトの改札付近を通過しました』

『地上階へ移動。ターミナル1です』

『二階へ移動。出国ゲートへ向かっていると思われます』

出国審査を通過されたらアウトだ。どんな理由があろうとも警察でない自分たちが彼女を捕まえるのは難しい。

カートを引く人々の足音とひっきりなしの離着陸アナウンス。繁華街とは違う空港独特の外へと向かう熱気に包まれながら、私たちはさっき初めて見たばかりの女性の姿を探していた。

数年前まではテロ対策で搭乗の三十分前にならないと搭乗口が明らかにならなかったが、現在はそのようなことはなくなっていた。パネルにフライト情報が次々に更新されていく。シャーリーが足を止めたのは、主にこの時間フランスへ向かう便が出ているゲートだった。

「ジェニファー・ホープはシャルル・ド・ゴールで乗り換えるつもりなのかな」

そう言ったのは、まさか海外逃亡するのにフランスはないだろうと思ったからだ。考えられるのはヒースローから直行便が出ていない場所へジェニファーが向かおうとしている可能性だった。

もっともシャーリーはすでにジェニファーがどこへ向かおうとしているか確信をもっているようで、シャネルのブーツの踵《かかと》をカツカツ言わせながら一直線に出国審査ゲートへ向かっている。

『標的、ターミナル1の二階へ向かうエスカレーターです』

『現在移動中』

『標的、接近。あと三百メートル』

一足先に私たちはゲートにたどり着き、ジェニファーを待ちかまえることに成功した。ミセス・ハドソンのナビは恐ろしいほど正確で、彼女があと五十メートルの距離を告げたところで、私たちは人混みの向こうにジェニファーの姿を視認することができた。

「やあ」

私たちに気付いても、ジェニファーは別段驚いた顔はしなかった。大きな手荷物がないせいで旅行者には見えない。

「久しぶり」

「早かったのね。ちょっと驚いちゃった」

「親切な協力者から、僕たちが先回りしていることは聞いていたんだろう？」

「メールが来たわ。テムズ川を遡られたって。あなた達って本当にすごいのね」

どこまでも追いつめられた犯人ではなく、体験型テーマパークを面白がっている子供のような態度だ。

「あなたのことだから、どうせ私が今からどこに行くのかだってわかっちゃってるんでしょ」

「カリブだ。ド・ゴール発、プリンセスジュリアナ空港着のエアバスＡ３４０」

「すばらしいわ《アメージング》」

私が彼女を褒めるときと同じ言葉で、ジェニファーもまたシャーリーを褒める。

「シント・マールテンは行きつけのカフェで働いていたクレオールの子の故郷なの。ブリクストンには多いから。カリブに行くのはずっと憧れだった。今日はラ・サマンナに泊まってテキーラを呑みながら飽きるまで夕日を見るのよ」

「君の命を代償に？」

「そうよ」

「脳腫瘍でもうあと半年も生きられないと言われたから？」

「よくわかってるじゃない」

二人の会話についていけない私は、不本意ながら話の腰を折った。

「えっ、ちょっと待って待って、わかんない。それってどういうこと。脳腫瘍って、あなたが？」

二人がいままで眼中になかった私をほぼ同時にみやる。

「つまりジェニファー、あなたは脳腫瘍を患っていて、その……手術もできないの？」

そうよ、と彼女は他人事のようにあっさりとうなずいてみせ、

「正確に言うと動脈瘤なの――いつ破裂するかわからない。頻繁に頭痛がすると思って

ＣＴを撮ったらわかった。いつ死ぬか、いつ破裂するか、ビクビクしながら暮らすのはうんざりだった。どうせ死ぬのよ。だったらまともに働くことも貯金も意味はない。最期に好きなことをしてから死ぬほうがいい」

けれどいくら貯金に手をつけたとはいえ、カリブへの飛行機代と高級ホテルの滞在費はジェニファーには捻出できない。第三者から何らかの支援を受けたとしか思えなかった。――この殺人の実行と引き替えに。

「たしかにエノーラ以外のほかの三人を殺したのはサイコキラーにみせかけるためよ。誰でもよかったのよ。要はあのタンポンが毒入りだって大騒ぎになればね」

「アメリカのＨ社、それから国産のＡ社とＭ社だ」

「どれも深刻な雇用問題を抱えている会社よ。私たち〝復讐の天使団〟はそういう会社を見逃さないの」

少し誇らしげに彼女は顎をあげる。

「〝復讐の天使団〟……？　ネットでよく騒いでるあの……、就職できなかった学生が落ちた会社に嫌がらせをするっていう……」

私の言葉に今まで態度を崩さなかったジェニファーがさっと表情を変えた。

「失礼ね、私たちはそんなんじゃないわ。amazonやスターバックスの不買運動だって私たちがいたから出来たことよ」

「不買運動……」

私はオリンピックを控えた去年、世間を騒がせた大きなニュースをいくつか思い出していた。多くのロンドン市議の汚職が発覚し、この問題の火消しに保守党が失敗したためだらだらと話題が続き、とうとう市長が辞職することになった。それが今月のこと。もうすぐ選挙が始まるはずだ。

それからスターバックスの不買運動。スターバックスコーヒーUKがタックスヘイブンを利用し法人税を納めていない問題が暴露され、アップルやamazonなどの他企業にも飛び火、これらの事件は単なる不買運動に止まらず、企業内から密告が相次いだのだ。その密告の吐き出し口になったのが、主に〝復讐の天使団〟と呼ばれるサイトだった。

アフガンから戻ったばかりで時間をもてあましていたころ、私もまたあのサイトを見たことがあった。あそこに密告する者達は低賃金労働者だけではなく、正規就労者も多いと聞いている。彼等は乳製品メーカーの衛生管理がずさんなこと、あるシューズブランドメーカーがニュージーランドから羊の皮を調達するために行った動物への非道な行為などをつぎつぎに暴いていった。

そのせいでブランドイメージが損なわれ、何億という損害を出したメーカーもある。

「あれは、その〝復讐の天使団〟の仕業だっていうの？」

「実際それが真実だもの。議員の汚職も外資の不正もすべて、同志による密告がきっかけよ。それを大きくしたのが私たち」

「じゃあ、今回タンポンを使った連続殺人を実行したのは、販売メーカーにダメージを与えたかったから？」

私はまさかと思いながら、それでもそう考えればこれらの結果がジェニファーの主張とぴったり合致することに寒気を覚えずにはいられなかった。

たとえば、彼等の中にあのタンポンを製造した生活用品メーカーの内部事情を暴露したい人間がいるとする。被害者が多く集まると、彼等はネット上で集会という形をとり、今後どう対処していくか真剣に協議しあう。

そしてその情報があまりにも多く、そして真実に近いものになると、いわゆる身バレに対処するために彼等は良心密告者へカンパを募る。クビにされても数ヶ月は生活していけるように一ポンドずつ寄付を集めるのだ。こうして金銭的な支援を得た密告者たちは次々に内部事情を暴露する。

ジェニファーがカリブへ高飛びできるのも、彼等から寄付を募った結果――つまり実行犯への報酬だったのではないか。

（そんなことで四人も殺した……。自分たちを受け入れなかった企業への報復のために）

私は出国審査ゲート近くのテレビモニターを見た。BBC Oneではまさにいまタンポンを製造したと思われる企業の地方工場にヤードの捜査班が入っている最中の映像が繰り返し流されていた。わざとらしく強調される捜査という単語と深刻さを煽るキャスターの作った表情がバストアップで映り、傍目にも大きな騒動になっているのがわかった。

（目的は、殺人じゃなかった!?）

私は昼間にドラッグストアに立ち寄ったとき、棚にタンポンがひとつもなかったことを思い出していた。あの時から回収騒ぎは起こっていたのだ。そして真実はどうあれ、この騒動であれらのメーカーはかなりの損失を被ることになる。

「あの企業がどういう不正をはたらいていたかは、これからどんどん明るみに出ると思うわ。同志たちが用意しているもの。残念ながら私はもうそれは手伝えないけれど」

「それで良いことをしたつもりなの。正義感に酔ってるのね。なんの罪もない人を巻き込んで苦しめて殺しておいて！」

「そうね。エノーラは可哀相だったわ。もうすぐ幸せになるところだったのに」

ジェニファーは少し時間を気にした。搭乗時間を確認している。あくまでカリブへ飛びたつ気でいるのだ。

「彼女、最期まで私の名前は思い出せなかったの。運が悪かったわね。私が渡したタンポンを使わなかったらもう少し長く生きていられたのに」

「そんな言い方って……」

「私も同じよ。運が悪かったの」

ジェニファーはにっこり笑った。不本意ながら私は、この冴えない女性がこれほどまで魅力的な表情ができるのだと驚いた。

「みんな運が悪かったの。〝天使団〟のみんなもそう。偶然あの日私がレジに入っているときに買い物にやってきてしまった三人もそう。ただ運が悪かった。だって動脈瘤よ。それ以外になんて言いようがある⁉」

彼女が声を大きくして、側を通りがかった旅行者たちが一瞬怪訝そうな顔をする。

「こんなのってないわ。私の人生、なにひとついいことはなかった。苦労して大学を出ても今度は学費が返せない。就職もできない。毎日がギスギスして自分になんの魅力も感じられなくなった。精神安定剤と睡眠薬と抗うつ剤と頭痛薬が食事みたいなものだった。それでもなんとか生活を立て直して夢を見つけて、それに向かって努力しようと思い直した。どんな仕事でもいいから資金を貯めよう、お金さえあれば夢を買える。それは真実だって」

なのにこんな不幸ってある？　ジェニファーは執拗に繰り返す。

「告知を受けた日、辛くてどうしようもなくて何年ぶりかに教会に行ったの。そこで牧師に言われた。それは私だけじゃなく万人に等しく訪れるものだって。だから思ったのよ。私から毒入りタンポンを受け取ってしまったのも、動脈瘤と同じことなのよ。万人に等しく訪れる」

「違うよ、それは。あなたが殺したんだ！」

「神様に殺されるのと、私が殺すのとなんの変わりもないって言ってるのよ。だから結局どんな事件の被害者も許すことを強要されるのよね。――さて」

晴れ晴れとした顔でジェニファーが言う。

「私、もう行くわ。カリブが待ってるもの」

私は信じられない思いで胸がつまり、なにも言えずにいた。これ以上どんな言葉をもって彼女に相対したらいいのだろう。ジェニファーは聖職者の言葉すら自分のためにいいように解釈をしてしまった。ここでどんな説法をしたところで彼女の行動を止めることなどできるだろうか。

そして、自分たちは合法的にジェニファーをここで拘束することはできないのだ。シャーリーが言ったことが本当なら、彼女の犯罪を立証するだけの映像記録はすでに削除されてしまっている。

（そんなことができる人間が〝天使団〟にもいるってことなのか。だいたいどうしてそんな危ない連中が野放しになってるのよ！）

内心どう吠えようとも、すでにゲートへ向かって歩き出した彼女を止めることは出来ない。

「待て」

今まで私の側で黙って成り行きを見ていたシャーリーが、ようやく口を開いた。

「なるほど、よくわかった。どうやって君が〝毒蜘蛛〟の都合の良い駒に仕立て上げられたのかが」

振り向いたジェニファーの顔にはまだ十分に余裕があった。

「私は全て承知でやったの。どうせ死ぬんだもの、どうなったっていいわ」

「君はなにも知らない」

「なに？」

「君は死なない」

シャーリーの声には相手を説得しようという熱意や、謎を解いたという喜びがみじんも感じられなかった。ただ脈拍数を告げる機械のように抑揚がない。冷たさはないが温かさもない、無慈悲。

「ジェニファー・ホープ、君は脳腫瘍じゃない」

ようやくジェニファーは顔をちょっとしかめた。

「何言ってるの。意味がわからない」

「犯行の証拠を隠匿できるような相手が、君のCTをすり替えることができないとでも思うか？」

私は驚いてシャーリーを凝視した。

「CTをすり替える!?」

「君は脳腫瘍なんかじゃない。ただの頭痛だった。だが末期の脳腫瘍だと思いこまされた。何故か。今回の事件の実行犯が必要だったからだ。真の犯人たちは金と引き替えに今回の犯罪をやってのける人物をずっと待っていた。それこそ蜘蛛のように巣を張り、君のような社会に不満を持ち現状を変えたいとあがいているが決定的に力が欠けている孤独な人間を。そして頭痛の原因を脳腫瘍だと告げる。医者に言われたはずだ。腫瘍は特異な場所にあって放射線治療も手術もできないと」

「……薬をもらったわ」

「それは本当に脳腫瘍のためのものか？」

「ひどい頭痛があったのよ！　死にそうなほど」

「それが腫瘍のせいだという証拠は？」

「あの計画は私が立てたのよ。殺す方法だってアイデアは私のものだった。第三者の都合でなんか動いてない」

「君の言う第三者は騒動を起こせるならどの会社でも、どんな殺害方法でもよかったんだ。わからないか」

「…………」

それは見事なまでの変わりようだった。出会ったときから何を突きつけられても余裕を崩さなかったジェニファーの顔から表情という表情がすべて抜け落ちたのだ。

「ありえない」

「かどうかは、このまま僕とバーツへ向かいCTを一枚撮ればわかることだ。ヘリで行けばいい。すべて証明するのに一時間もかからない」

「…………」

「自分でもありえないことじゃないと思ってるんだろう。いくら組織的な集団に支えられていたとはいえその報酬がカリブで死ぬまで暮らせることだなんて、どんな保護プログラムでも不可能だ。ましてやただのネット民のあつまり。君たちにできたのはせいぜい騒ぎ立てることぐらいだな。だがこの世の中にはそういうことをコントロールして儲ける奴らが大勢いる。今回のことで関連企業の株は軒並み暴落しているだろう。賢い者は売り抜けている。その情報はどこからまわった？」

ジェニファーが色素の薄い唇を噛みしめる。

「情報をだれよりも早く察知するにはコツがいる。運が良いか、金をつむか、それとも事件を作り出すかだ。君たちのように未来がなく自暴自棄になって、その鬱憤をだれかにぶつけることで発散したがっている連中を纏めて事件を作り出しても、彼等にとってはお駄賃程度ですむことだ。そう、それこそカリブ行きの片道切符」

「……嘘よ」

「断言してもいいが、ヒースローを飛び立ったが最後、君がカリブを満喫することはないだろう。脳腫瘍ではないのだから彼等は君を口封じしなければならない。そして事故死させるのに水は便利だ。二十時間後、君は望み通りカリブの海に浮かぶ」

彼女は何度も何度も首をふり、唇を舐めていた。まるでそうすることで喋りやすくなると思いこんでいるかのように。

「なぜCTを撮らない？　僕の言ったことが真実だと簡単に証明できる」

「私を警察に連れていくつもりなんでしょう」

「そんなことができるならとっくにそうしている。君が言ったとおり証拠はすべて消去されたようだし、いまヤードの連中は陽動にひっかかってタンポン工場でやっきになって犯人を捜している」

「信じないわ」

シャーリーが言った。

「何故」

「簡単よ。だれも私を信じてくれなかったから。一度でもいいから信じてくれれば、こんなことにはならなかったかもしれないのに」

ジェニファーは上着のポケットからパスポートとeチケットらしき紙を取り出した。そして私たちが期待していたのとはまったく逆の行動をとった。踵《きびす》を返したのだ。

「さよなら、探偵さんたち」

「えっ、ちょっと…！」

「CTならカリブで撮るわ、ごめんなさいね」

「待って。どうして行くの！　騙されてるかもしれないんだよ！」

私は早足でジェニファーのあとを追った。もう出国審査場へ向から手荷物検査のゲートは目の前に迫っている。あそこをくぐられたら私たちには手出しができない。

「行ったらだめだ！　ジェニファー！」

けれど私を振り払うように彼女は顔を背け、手荷物検査のゲートへ向かってしまった。

「どうして……」

私は言葉もなく、ただ呆然とジェニファーの姿が吸い込まれたゲートを眺めるしかなかった。どうしたらよかったのだろう。力ずくでも止めるべきだっただろうか。けれど私にはシャーリーが言っていたことが真実かどうかわからない。

「ジョー、行こう」

やや力なさ気な声が私を呼んだ。私は振り返り、思わず彼女を問いつめた。

「あれって本当なの。彼女が脳腫瘍じゃないって。ぜんぶ彼女を実行犯にしたてあげるために仕組まれたことだって！」

「証拠はない」

「証拠はないって、じゃあなんであんなこと言ったの」

「証人保護プログラムの対象者にしてもらえるように交渉した」

だれを、だれと、が省かれていたが私にはすぐわかった。スコットランドヤードが動けない以上シャーリーが使える手段としては、あのとんでもないタクシーの持ち主相手以外他にない。

　ふっと空気が緩んだ気配がした。私は慌てて周囲を見渡した。

（見られていた）

　それは軍人としてのカンのようなもので、しかも今の今まで気付かなかった程度のものだったが確かに私たちは大勢に取り囲まれていた。それがたったいまなくなった。まるでなにかの合図を受けて解散したように。

「もういい、行こう。失敗した」

「どういうこと？」

「ジョー」

「もしジェニファーがバーツでCTを撮るって言っていたら、彼女を保護できるように手はずは整えてあったってこと？」

「だから失敗した」

「結果論じゃなくて！」

「いまさらもうどうしようもない。本人が望まなければ保護プログラムは使えない」

「どうしてそれを彼女に言わなかったの！」

　シャーリーは黙った。私はジェニファーが別のだれかによって監視されていた可能性を思いついた。シャーリーは、いやシャーリーが証人保護プログラムを使えるように頼み込んだ相手は、ギリギリまでその存在をジェニファーに知られるわけにはいかなかったのだ。

「そんな……」

私はもう一度、彼女の向かった出国ゲートのあるほうへ向かった。

ジェニファー・ホープはどうなるのだろう。無事にカリブへたどり着けるだろうか。彼女の望んだ南の島へ。

生活するためだけの立ち仕事をしながら、店の中をカリビアンミュージックで満たしてまで夢見たカリブの夕日。自分勝手な理由から罪もない四人を殺した恐ろしい殺人鬼であるにもかかわらず、私は一度でも良い、彼女がその夕日をその目で見られることを望んでやまなかった。

きっと、彼女は生きてロンドンへ戻ることはない。その身が病に冒されていてもいなくても、シャーリーが言うようにカリブの海の藻くずになるか、あるいは動脈瘤が破裂したとして処理されるだろう。彼女はうすうすそのことに気付いていながら引き返さなかった。その理由を私はすでに知っている気がした。

「ジェニファーはさ、たとえ脳に腫瘍がなくても、証人保護プログラムに守られたとしても、もう自分にどんな可能性も残されていないって知ってたんだよね……」

空港まで迎えに来ていたホームズ家のタクシーに二人して乗り込んだ。ダッチワイフが運転する白のベントレーがゆっくりとテムズを下っていく。そうなるのが自然な流れだというように帰り道は渋滞もなくスムースだった。

「これはさ、私の勝手な思いこみかも知れないけれど、話しても良い？」

「221bに着くまでに終わるなら」

「うん。あのね。私いままで彼女っていう人間の人物像がどこかぼんやりとしていて、得体が知れなかったんだよね。こうつかみどころがないっていうかね。良い意味でも悪い意味でも凡庸だった彼女が、どうしてこんな恐ろしい事件を起こしてしまったんだろうってずっと考えてた。推理してた。シャーリーに負けないようにいくらか役にたたなくちゃって必死で考えたんだけどどうにもうまくいかなくてね」

「要点だけ言ってくれ」

「短気だなあ。つまりジェニファーが言ってたじゃない。あの殺人方法のアイデアは自分が考えた。だからだれかに操られてたわけじゃないって。あれを聞いたときに彼女っていう人間が本当はなにを恐れていたのかわかった気がしたの」

「恐れていた？」

「そう、だって凶器は……、タンポンだったわけじゃない？」

「それが？」

「彼女、バージンだったのかも」

今までつまらなそうに防弾ガラスの向こうの、とっくに幕が下りた舞台上のようなロンドンに見入っていたシャーリーがこちらを向いた。

「これは私の勝手な憶測だけどタンポンを使う人間ってバージンじゃない気がする。昔、中東の難民キャンプで経血カップの使用をすすめた時に、若い子たちに言われたの。恐いって。一度でも性体験がないとあそこにモノをいれようとは思わない。だから彼女はなんの躊躇いも恥ずかし気もなくタンポンを使用できる女性たちを蔑視してたんじゃないかなあ。ほんのちょっとの妬みもあったかも」

「ジョー……」

「あの歳までバージンだともう一生男性とそういうことにはならないかもしれないって自分自身に嫌気がさすのもわかるんだよね……すごく」

シャーリーの声は出会ったときから今までで聞いた中で一番、驚きと新鮮さと、感銘に満ちていた。

「悪くない考察だ」

「そう？」

「君でも僕の予測を上まわることがある。テムズが逆流するような確率だが」

そのつぶやきはシャーリーが私の推理を認めてくれた確かな証拠だった。私が彼女に贈るものの百分の一にも満たない回数ではあるが、こと男女関係の細かな心の機微やつまらない生活を送ってきた人間の劣等感に関するささいなことに限り、私はごくまれに彼女から賛辞を引き出すことに成功した。

「うん。だから、シャーリーの言うことを信じる信じないじゃなかったんだよ。シャーリーは悪くない」

「ジョー？」

「心がないなんてうそ。シャーリーはやさしいよ。そう落ち込まないで」

彼女の肩に寄りかかった。一瞬だけ肩が揺れて、それから私の居心地の良い枕になる。

「落ち込んでなんかない」

「そう？　すごく凹《へこ》んでいるように見えるけど」

「凹んでない」

「もっといいやり方があったはずだとか自分自身を責めちゃだめだよ。シャーリーは十分がんばったよ」

「責めてない。どうして僕が自分を責めないといけないんだ」

「本気でそう思ってるならいいけど」

「ジョー」

「あっ、動かないで。良い気持ちなんだから。ふあー、今日は朝早くからいろいろありすぎたよ。何度も全力疾走もしたし。ちょっと眠って良い？」

心地よい車の揺れと夜のとばりに、私はどうにも堪えがたい睡魔に襲われてしまった。ここが車内であるのをいいことにあっさりと完全に白旗をあげることにする。きっと次目覚めたら221bだ。

「重い、ジョー」

「おやすみ」

問答無用で私はシャーリーに寄りかかり目を閉じた。アフガン時代から眠れるときに寝ておく習性が身に染みついている私は、パソコンがシャットダウンするよりも早く意識を飛ばしてしまった。

――だから、ここから先のことは、シャーリーがいなくなった221bで一人残された私がミセス・ハドソンに頼み込んで教えて貰った時の記録だ。

「問題ないマイキー、ジョーは今眠っている。狸寝入りでないことは確認済みだ。聴覚からの情報は脳に記録できない状態に入っている」

『シャーリー、私はその娘を心臓マッサージのために221bに住まわせるつもりはないのよ』

シャーリーが話している相手はこのベントレーの元持ち主。あのころはまだ彼女と私は面識がなかった。電子ボイスのような抑揚のほとんどないシャーリーの声とは対照的に、話し相手は感情に満ちていた。いわゆる高慢さ、豊富な語彙、耳心地の良いトーン、女性的な魅力、そして社交的な快活さ——シャーリーにはないものすべてを相手が持ち合わせていることはその声から容易に想像出来る。

「マイキー、ジョーはこれからも221bに住む」

『シャーリー』

「僕はジョーの経歴をすべて知っている。それでいて問題ないと判断した」

『よく聞いて、かわいい私の天使ちゃん』

と、声の主はシャーリーを呼んだ。

『彼女を悲劇のヒロインだと思っているのならそれは間違いよ。たしかに彼女はアフガンでとんでもない事件に巻き込まれた。往診先の集落でテロリストに誘拐されて半年行方がわからなかった』

「そしてただひとり生きて救出された」

『その通りよ。そんな経験をしたら、どんな屈強な兵士でもひどいPTSDに悩まされる。ジョーが突然真夜中に銃をぶっぱなしたらどうするの』

「我らがミセス・ハドソンがそんなことをさせるとでも？」

畳みかけるシャーリーの声。

「それに僕はもうジョーの足の傷はそのときのものだっていうことも知っている。英国政府は彼女に勲章をあげるべきだった。いまだにジョーを完全に除隊させていないのも、軍部になにかうしろめたいことがあるからだろう。はたしてそれはジョーのことを見捨てたことか、それとももっと別のことかな」

『シャーリー、あまり困らせないでちょうだい』

「あなた達がなんと言おうとジョーは僕の側にいるべきだ。なぜなら英国陸軍も政府も扱いあぐねている情報をジョーはもっていて、その情報をあの〝蜘蛛の女王〟に狙われている。かのクイーンと対等にやりあえるのは僕しかいない」

しばらくの沈黙ののち、声の主は決定的なことを言った。

『シャーリー、その娘はアフガンで六十人以上を殺したのよ』

「たしかに医者にしては殺しすぎだ」

『それだけじゃないの』

「そう、半年間ある有名な国際テロ組織の頭領の愛人だった。あなたがたがもう何十年と追い続けて未だにしっぽをつかめないでいる男のね。そいつの顔を見たことがあるイギリス人はジョーだけだ」

『………』

「だからジョーは僕の側にいた方がいい」

真っ白いシーツに覆われたベッドという名の柩の中で眠るシャーリーを傍らに、ミセス・ハドソンに頼み込んで聞かせて貰った録音だった。初めてこの会話を聞いたとき私は思わずその場にへたり込んだ。ああなんてこと、シャーリーあなた、はじめから私の正体を知っていたのね。

そういえば彼女はことあるごとに私に言ったのだ。ジョー、君のその依存症はある意味不幸だと。

通信が切れたあと、シャーリーはしばらく無言だった。私の寝息を傍らに聞きながら彼女がどんなことを思っていたのか、いまとなってはわからない。

ぽつりと独り言のように彼女は言った。

「ミセス・ハドソン、スチュワートに連絡してくれ。今夜はジョーのためにスペシャルディナーだ」

――221bで私たちを待っていたのは、器用に十段積み重ねられラズベリーの練り込まれた緋色のパンケーキだった。

＊＊＊

ところで、私は221bに来てから新たに知ったことがたくさんある。その中のひとつがパンケーキは二枚挟んで食べるとなかなかにボリュームがあっておいしいという件で、ミスター・ハドソンはスイーツとしてのパンケーキだけではなく、食事代わりになるパンケーキを焼くことにも長けていた。

その日私たちが食べていたのはグルテンフリーの生地の上にスライストマトとチーズ

・アンチョビが載ったもので、むしろこれはハンバーガーだなと思ったものである。
「ジョー、君がどんなに今回の事件をドラマティックにしたくても事実は事実だ。ジェニファー・ホープはもうこの世にいない。一連の事件はすべて彼女の単独犯行ということになった。ジェニファー自身が承知していたように、だ。これ以上の進展は望むべくもない」

ミスター・ハドソンが苦心して作り上げただろう、クマの顔の形をしたホットケーキ生地の上に具材で描かれた某夢の国の動物キャラクターだったが、シャーリーはなんの躊躇いもなくその顔を一刀両断にした。

「それは私にだってわかってるよ。結局あの事件はジェニファーがエノーラに対する怨恨を募らせた結果、シリアルキラーに見せかけるためにほかの三人を殺したってことになったこともね。だけど実際はそうじゃなかったでしょ」

嫌がるシャーリーにかまわず私はニュース番組を見るためにテレビのリモコンをとりあげた。五十インチ以上もある巨大な画面に、ジェニファーの冴えない顔と彼女の住んでいたブリクストン周辺、そして犯行現場ともなった薬局の外観が繰り返し映し出されていた。キャスター達は異口同音にジェニファーの歪んだコンプレックスについての指摘を続け、こうなったのも社会保障制度に問題があるだとか、いやいや初等教育から見直すべきだとか、ジェンダーの問題、雇用のありかた、はては未婚率までとりあげて、なんとかこの事件を長くひっぱりセンセーショナルにあおり立てることにやっきになっていた。そしてさんざん不安感を募らせておいて視聴者を安心させるためにこう締めくくる。

『ジェニファーはカリブへ逃亡を企て、現地の警察に逮捕されましたが、その取り調べが始まる前に死亡が確認されました。頭部の大動脈瘤破裂が死因との情報が入っています』

食卓で家族とともにこのニュースを見ている親達は、罰があたったのだと教えるだろう。あるいは急いで脳外科にCTを撮りにいく者もいたかもしれない。今までタンポンを使っていた女性達はしばらくの間ナプキンに変え、その使い勝手を嘆いている内にこのニュースは風化するだろう。

だれもジェニファーの背後にいる、真に彼女を殺した犯人の存在を知らない。

「まったく、少し頭を使えばわかるはずだ。なぜカリブの中でもシント・マールテンだったのか。彼女の行きつけのカフェにシント・マールテン出身のクレオールなんていない」

いらだたしげにシャーリーのナイフがクマの耳を切断する。

「この一年イギリスのニュースを騒がせていたのはほとんど法人税の問題だった。外資系企業がことごとくタックスヘイブンを使うことで法人税を払わないことが社会現象になっていたじゃないか。なのになぜ今回の問題を切り離して考える。シント・マールテンはタックスヘイブンの代表格だろうに」

「みんながみんなシャーリーと同じ頭をもっているわけじゃないからねえ」

私は彼女よりかは幾分気を遣ってクマの顔を切り分けた。

「例のamazonやスターバックスの法人税未払い事件が大きくなりすぎて、自分のところまで飛び火しそうになってどうにも都合が悪くなったシント・マールテンのタックスヘイブン使ってる企業が話題を逸らせるために画策したなんてだれも思いつかないよ。ましてやそういうことを頼まれてくれる裏稼業があるなんてこともさ」

〝蜘蛛の女王〟とシャーリーは真犯人のことを呼んでいた。それは自らは計画を立てるだけで一歩も動かず、獲物が掛かるのを悠然と構えている様子からあだ名をつけたのだという。

「蜘蛛の正体はヴァージニア・モリアーティだ。この大都会の半分の悪事、ほぼすべての迷宮入り事件が彼女の手によるものだ」

「モリアーティ？　うーん、どこかで名前は聞いたことがあると思うけど」

「本業は数学者でプログラミングの権威だ。知恵を持ちすぎた宗教的排他主義者だと僕は考えている」

「クリスチャンなの？」

「いいや、彼女が信仰しているのは拝金教だ。その元となる情報を彼女は握っている。具体的な方法としては、彼女はジェニファー・ホープが心の寄りどころにしていた〝復讐の天使団〟のような裏サイトをいくつも運営しているんだ。要は密告サイトだね。英国一国程度なら凡人でもできるだろうが、それを世界中のどの国でも運営しそれぞれの情報を分析し関連づけるのはプロの仕事だ。彼女はそれを処理する画期的なプログラムを開発したといわれている。僕はそれをスパイダーと呼んでる。どんな細かい情報でも彼女の網にひっかけることができるからだ」

シャーリーの口ぶりからは、彼女が今回だけではなくもう何年も前から〝蜘蛛の女王〟ヴァージニア・モリアーティを追っていることが窺えた。それも並々ならぬ執念をもって。

自らをロンドンの治安維持システムと豪語したシャーリーにとって、モリアーティは決して存在を許してはならない相手なのだろう。

「あの時もしジェニファーを保護できていたら、モリアーティに繋がる情報を得られていた可能性があった。僕の負けだ」

「勝ち負けじゃないよ」

「いいや、これは勝負なんだよジョー。僕には負けられない理由がある。それは僕の存在意義がかかっているといってもいい。ある意味運命的なものだ」

「大げさだなあ」

「そんなことはない、真実だ」

「まあ、たしかに相手は君のスーパーシスターでも手を出しかねているブラックマーケットの大物かも知れないけれど、シャーリーがそんなに命がけでやらなくてもいいんじゃない。警察でもないのに。なんでそんなに必死なのさ」

「…………」

ついにクマの顔面はすべてシャーリーの胃袋に納められてしまった。そして私がナイフを置いて携帯にメモをとっているのを認め行儀が悪いと叱る母親のように顔をしかめる。

「なにをしている」

「なにって、メモってるんだよ。なにかのネタになるかも」

「ジョー、言っておくがこれは表には」

「出せないんでしょ。わかってるよ。でもシャーリーが見事にその〝蜘蛛の女王〟を捕まえて司法の場に引っ張り出せたら、そのときは私が書いてもいいよね」

「書くって、なにを」

「うーん、まだ細部は決めてないけど小説にしようかなって思っているんだよね」

私は数日前に採用面接を受けた病院からことごとく断られたことをシャーリーに告げた。

「さすがに凹むよね。もちろんここの家賃を払い続けるためにもアルバイトはするよ。でもなかなか正規での採用となると難しい。家にいても悪いことばっかり考えて呑んじゃいそうだし、そしたらほらミカーラから連絡があったの。覚えてる？　ミカーラ・スタンフォード」

シャーリーと出会うきっかけをくれたストランド誌の編集者。彼女は私がアフガンで執筆した（クソ）ハーレクイン小説の担当編集者でもある。

「彼女に言われたんだ。また小説を書いてみないって」

「今度はロンドンを舞台にハーレクインを書くつもりなのか。何の性的魅力も教養もない平凡な中年女がどうやって金を稼いでいるのかわからない得体もしれないアラブの大富豪に突然見いだされ秘書になり、なりゆきでベッドを共にしてプロポーズされるが、ヒロインは根拠のない不妊で悩み、なのに最後は絶対子供が出来る意味不明なハッピーエンドになる話か？」

「失礼な、売れたんだよ！　ものすごく」

「そうだろうな。一見テンプレートの応酬でしかないがアラブの大富豪が一夜にして無一文になり主人公に棄てられ、次の話では主人公に復讐するためにラスベガスのホテル王になってカムバックするような話はほかにはない」

さらに付け加えると、その元アラブの大富豪はやはり第二話で同僚にはめられて会社をのっとられて無一文になり、ヒロインに棄てられて第三話で数億ドルを稼ぐ天才トレーダーとなって復活する。完全に才能の使い方と女の選び方を間違えているのだが、彼は気付かない。何度棄てられてもヒロイン一筋なのだ。

「僕はあれはゾンビものだと思って読んだ。なかなか面白かった」

「失礼な！　今度はちゃんとしたミステリ小説だよ。オーソドックスな探偵もの。シャーリーが主人公なんだから」

「僕？」

彼女は思ってもいなかったことをいわれたというような顔をした。

「だって君はものすごいことをしてるんだよ、このロンドンの治安維持システムなんて凡人にはできることじゃない。ぜひ記録に残すべきだ」

「面倒くさい」

「そういうと思ったから私がやるんじゃない。大丈夫、私たちだってバレないように性別を逆転して名前も変えるから。もうこの前の事件のプロットはミカーラに渡してあるの。彼女もおもしろいってウケてた。ぜったい書くべきだって」

「…………じゃあ、これから君は小説のネタを拾うためにメモ帳を持って僕の後をついてくるつもりなのか」

「そうなるかな」

「探偵の、助手として」

「まあそんなとこ」

シャーリーはつんと横を向いて口元を指でぬぐう仕草をした。

「ならいい」

「そう？」

私はシャーリーに遅れること五分後にパンケーキを平らげた。カップの中のストロベリーティーがぬるくなっていたのでポットのティーコゼーをとってお代わりを注ぎ込む。カップの中に鮮やかな赤の液体が満たされていくのを見つめながら、私はあることを思いついた。

「〝緋色の憂鬱〟」

「なに？」

「今回の事件のタイトルだよ。元々君の発案じゃないか。たしかに毒入りタンポン事件じゃ味気なさ過ぎる。アレは女に生まれた以上結婚しようがしまいが一生まとわりつく血の問題でしょ。あってもなくても女を憂鬱にさせる緋色——それが事件のキーワードだった。なんちゃって。ねえ、どう？　これどう？」

シャーリーは呆れたようにため息して、好きにすればという顔をした。

＊＊＊

話はそれきり、シャーリーが別の事件について考え込むあまりサイバー世界にダイブしてしまったので、私は疲れもあって早々にベッドに入った。

次の日も、またその次の日も仕事のない私には時間だけはたっぷりあった。私はシャーリーが口にした事件の黒幕、〝蜘蛛の女王〟ことヴァージニア・モリアーティのことがどうしても気になり、かなり年代物の域に入ろうとしているノートパソコンを駆使して彼女についてネット検索してみた。

私が思った以上にモリアーティ女史は有名人だった。シャーリーが言ったとおり数学者で情報処理学の第一人者であるばかりか、天文学者、大学の教授としての経歴もあり、なにより皇太子の学友でかのロイヤルウエディングにも出席していた。

（ふうん、写真で見た限り上品なおばさんという感じしかないなあ）

年齢的にも還暦に近い。女性としては背が高く痩せていて、混じりけのないプラチナブロンドに深く窪んだ眼をしている。昔は淡い金髪だったようだ。顔立ちそのものは俳優で言うとメリル・ストリープに似ているかも知れない。

本当にこの女性が、シャーリーのいう世界中のあらゆる情報を網羅する網の中心にいる毒蜘蛛の女王だとは思えなかった。しかし知能犯というのは往々にしてそういう容貌をしているものだ。

（なんにせよ、こんな危ない人物には出来る限り近寄らなかったらいいんだ。シャーリーのお姉さんはおそらく陸軍の偉い人か政府関係者なんだし、妹をむやみにそんな危険人物にかかわらせないだろう。後は平凡に、レストレードが持ち込むご近所事件をこなしていけばシャーリーだって満足するはず……）

タンポンにシアン化化合物だのタックスヘイブンだのいうスケールのでかすぎる話は

早々転がっているわけはない。

キッチンへ降りていくと、めずらしくシャーリーが身支度をしていた。

「あれ、どこかいくの？」

「今日は月に一度の定期検診の日だ」

「ああ、心臓のね」

忘れそうになるけれど（そしてどこまでが本当なのか知らないが）この顧問探偵さんの心臓はイギリス中の、いや世界中の最先端医療の結晶とも言える人工物である。

「じゃあパーツまでつきあうよ。ちょうど午後からミカーラと打ち合わせがあるんだ」

言うと、シャーリーはちょっといやそうに顔をしかめ、

「僕がモデルの、男の顧問探偵の話か」

「そうだよ。元がいいからすごくいいキャラクターに仕上がってる」

のっけから男のくせにタンポンや女の生理に異様に詳しい変態さんになってしまったことはナイショだ。

私たちはいつもそうするようにバーツまでをホームズ家のタクシーで移動した。季節はクリスマスシーズンに突入し、街のどのストリートでもクリスマス用の電飾が目に入った。私は今年のクリスマスは相手に困ることはないと安心していた。だってシャーリ

ーはみるからにシングルだし、私もそうだ。私たちはきっと二人してあの居心地の良い221bでミスター・ハドソンが焼いてくれたクリスマス特製の十段パンケーキに挑むだろう。数日前に試作品を見せて貰ったが、ツリーの幹の部分をバームクーヘンで作り、下から順に一番上が小さくなるようにパンケーキを重ねていく（もちろん間にはたっぷりフルーツとクリームが挟まっている）パンケーキツリーは崩したくなくなるほどゴージャスだった。

（早く食べたい）

げんきんな私はかつてバーツの採用に漏れたいやな思い出のこともすっかり忘れて、建物の中を闊歩していた。ミカーラとの約束の時間まで一時間以上あった。シャーリーを送ったあとレスタースクエアへ向かっても十分なはずだ。

「今日は多分そんなに遅くならないはずだから、夕食は家で食べるね」

「毎日パンケーキで君は飽きないのか」

「だって味が違うんだもん。全然大丈夫」

まかないつきの下宿ほどありがたいことはない。たとえそれがカフェの軽食であってもだ。

せっかく繁華街に出たのだし、クリスマスパーティ用にプレゼントを買って帰ってもいいかもしれない。軍からの傷痍軍人年金が思ったより多かったから、日頃お世話になっている人たちになにか用意したいと思っていた。シャーリーには自然素材のシャンプー。ミセス・ハドソンには……どうしよう、花でいいだろうか。

「ねえシャーリー、毎年ミセス・ハドソンには……」

なにを用意しているの、と聞こうとして、すぐ目の前を歩いていた彼女が立ち止まったことに気付いた。思わずぶつかりそうになって急ブレーキをかける。

「……………」

「なに、どしたの」

昼間なのに薄暗い病院の廊下で、コツコツというヒールの音がなにかを刻むように反響している。

シャーリーの視線を追った。ちょうど私たちが行こうとしている方向から複数の足音がしていた。誰かが歩いてくる。一人、いや二人。シャーリーの目はその二人を捕らえたときから瞬きひとつしない。

「おやシャーリー、早いね。診察まであと三十分はある」

聞き覚えのある低い男性の声だった。ドクター・ベルだ、と私は思った。バーツに研究室を持つシャーリーの主治医である。

しかしシャーリーの足に杭を打ち付けたように止めたのは彼ではなかった。彼の後ろから歩いてきた背の高い女性。白と紺のバイカラーツーピースが驚くほど似合っている熟年の女性——

(ヴァージニア・モリアーティ!!)

シャーリーが〝蜘蛛の女王〟と呼ぶ犯罪界のドン。大学教授、皇太子の学友という社交的な仮面をかぶった現代社会に生きる悪魔。

(どうして彼女がこんなところにいるの!)

かのジェニファー・ホープの事件も記憶に新しいいま、私は思わぬ所で生身の彼女と遭遇したことに驚愕を覚えずにはいられなかった。

バーツは大学病院だ。そして彼女は医者ではないはずである。なのにドクター・ベルの連れのような顔で歩いてきたのはいったいなぜなのか。

「シャーリー、久しぶりね」

悪魔の声は思ったよりもソフトだった。まるでたった一人の孫に話しかけるようにヴァージニア・モリアーティはシャーリーに言った。私には一瞥もくれないで。

「元気そうでよかったわ。私が作った心臓はちゃんと動いている?」

「はい、マダム。おかげさまで不具合もなく」

シャーリーが答える。いつもの電子音のような抑揚のない口調であるのに、いつもよりずっと人間らしく聞こえた。

怯えだ。怯えが彼女の口調を感情的にしている。

「いつも気にしていたんですよ。あなたは私の子供のようなものだから」

ヴァージニア・モリアーティは慈悲深い笑みをたたえて、シャーリーの頬を撫でた。

彼女はされるがままになっている。あの誇り高いシャーリーが一歩も動けないでいるのだ。まるで蜘蛛の糸にからまれたかのように。

「なにかあったらすぐドクター・ベルに相談してね。そうそう、いまあなたのための新しいソフトウェアも開発しています。きっと多くのあなたと同じように人工心臓に頼らざるをえない子供達のためになるわ。もちろん、あなたが健康で健常者と同じような生活が送れていることも子供達の励みなの。また心臓外科病棟にも遊びに来てちょうだい」

「はい」

ドクター・ベルが言った。

「ではシャーリー、またあとで」

モリアーティ女史はシャーリーの額に優しげなキスを落とすと、ドクター・ベルとともに立ち去った。

二人はそのすぐ先のエレベーターに乗ったらしかった。バーツ一階の廊下は再びリノリウムの青白さと消毒液の匂いだけが感じられる冷たい空間へ早変わりする。

「あれが、蜘蛛の女王の正体だ」

「シャーリー……」

「ねえジョー、僕を生かし続けることが出来るただひとりの神が、人の命をおもちゃのように扱い金を儲ける大罪人だったとしてだ、子羊はどうすべきだろうか。こんな命はいらないとつっかえすべきだろうか」

「シャーリー、あの……」

「緋色の二酸化炭素を多く含んだ血が赤みを取り戻して再び僕の体を巡るたび僕は考える。本来なら僕はとっくに死んでいたはずなのにと。あの蜘蛛の女王が正しく司法の裁きを受けていれば僕はこの世に存在することはなかった」

私はどう言葉を返せばいいのかわからず、ただただ青白く浮かび上がる彼女の横顔を黙って見ているだけだった。

——僕には心がない。

多くを語らずともシャーリーの葛藤が空気から伝わってきた。きっと彼女には死ねない理由があって、それは一つではなく縒《よ》られた太いヒモのようになっているのだろう。ヴァージニア・モリアーティが死ねばその研究成果を待っている多くの子供達が心のよりどころを失うのかもしれない。

いつの日か、ヴァージニア・モリアーティの首に首尾良く絞首刑の縄をかけることに成功しても、シャーリーはギリギリまでその足下の椅子を蹴飛ばすことを躊躇うかも知れない。それはかつてシャーリー自身が完璧な人工心臓を待つ一人の患者であったから。

それでも、シャーリーはモリアーティを追いつめることはやめないだろう。

「シャーリー、診察が終わるまでパーツで待ってるよ」

人形のようだった彼女の頬に表情が戻った。

「ミカーラとの打ち合わせは？」

「いいの。今から連絡してスカイプで済ませる。今日はなんとなく家に帰りたいんだ」

住んでまだ四ヶ月半のアパートではあったが、我が家という言葉を使ったことが自分でも驚きだった。それほどまでに２２１ｂがしっくりなじんでいる。

子供のころから家なんてなかった。親のせいでいろいろなところに預けられた。叔母の家も我が家ではなかったし、故郷を出てからは居場所を転々とした。そんな私なのに。

「気を遣ってくれなくてもいい」

「気を遣わせてよ。お礼だよ」

「なんの礼？」

「シャーリーだって私を一人にしなかったでしょ、ロンドンに戻ってきて一番寂しかった夜に。おかげで一人じゃなかった」

言うと、ああと肩をすくめた。

「僕のことを死体だと思っていたくせに」

それでも、あの日私はひとりでいることが怖かったんだよ。死体と寝たほうがましだと思いこむほど神経が疲れて摩耗して――、喉の奥からほかの私が出てきそうだったんだよ。

あの夜は。

「ねえ、シャーリー。ワインを買って帰ろうよ。それから一緒にハドソン夫妻へのクリスマスプレゼントを選んで欲しいな」

シャーリーは仕方がないなと呆れると思いきや、白雪姫の微笑もかくやという顔で、

「もちろん、喜《よろこ》んで――My pleasure」

気取ってお辞儀をした。

それが三年と少し前の話。

いまの私は、たとえるなら継母の策略にはまり、ガラスの柩に横たわった白雪姫の前で途方に暮れるこびとの気分だ。

「ねえシャーリー。白雪姫はさ、毒りんごをどうやって吐き出したんだっけ」

語る私の赤毛は今日ばかりは綺麗に結い上げられ、首元にはクラシックパールのネックレスが、そして薬指には真新しいプラチナの婚約指輪が光っている。

「前に話したでしょ。今日、私結婚するんだよ。221bを出て行く。パーティで私シャーリーに友人代表の挨拶をしてもらいたかった。ほら私、あまり友達いないから……」

ねえ起きて。

幾度となく語りかけた言葉をもう一度繰り返す。肌は雪のように白く、唇は血のように赤く、髪は黒檀のように黒い、美しく賢いシャーリー・ホームズ。
ライヘンバッハに墜ちた白雪姫は、いつか——必ず目覚めると信じてる。

シャーリー・ホームズとディオゲネスクラブ

Shirley Holmes & The Diogenes Club

――私ことジョー・ワトソンが六年間のご奉仕兵役を終えてアフガニスタンから帰国したのは、前述（『緋色の憂鬱』参照のこと）のとおり二〇一二年の七月のことだった。

その当時金なし職なし男なし、将来への展望はおろかなにかを始める気力もない荒れた生活を送っていた私は、ほんのささいな偶然ときっかけによってシャーリー・ホームズに出会った。女性としてはだれしもが満足するであろう容姿と最先端技術の結晶である人工心臓をもち、王室の推薦によってスコットランドヤードの顧問探偵を務める女性である。

私たちがベイカー街221bのアパートでフラットシェアを始めてからひとつ季節が過ぎ、そろそろロンドンはメインストリートがクリスマスの電飾に彩られるころ、私と彼女の関係はあるひとつの転機を迎えた。

〝麗しのディオゲネスクラブ事件〟である。


『おかえりなさいませ、ミス・ワトソン』

ドアノブに手を掛けると、自動でロックが解除される。ただの年代物の真鍮ノブにみえるこれは、一瞬で触ったものの指紋ばかりではなく手の汗から遺伝子情報まで盗み取る高性能セキュリティの接触端末だ。

「ただいま、ミセス・ハドソン。シャーリーは？」

『お嬢様はご在宅です。本日の起床時刻は午前十時七分。現在はカウチの上でなにごとか考え事をなさっておいでです』

私の質問に答えてくれたのは柔らかい年配の女性の声だが、その姿はどこにもない。おそらくこの建物のどこを探しても見あたらないだろう。

「あっそ。なんか食べてた？」

『朝食は主人がお運びしました。蜂蜜入りのヨーグルトとコーヒーをブラックで。M&Mを補充してあります』

人間の頭部ほどもあるでっかい空き瓶にぎっしり詰まったM&Mはシャーリーの非常

食だ。あのカラフルコーティングされたチョコレートを口に運んでいると、美しさを極めたアンドロイドがただカプセルの燃料を補給しているように見える。

「ありがとう、いつも優秀だね」

『My pleasure《どういたしまして》』

「一階に、コーヒーを頼んでもいいかな」

『夫に伝えます』

声の主は数年前に他界した、一階のカフェ『赤毛組合《Redsh Guild》』のオーナー、ミスター・ハドソンの奥方、ミセス・ハドソンの合成ボイスである。カフェの店名のごとくつやのある赤毛が印象的なミスター・ハドソンは元々シャーリーの実家の使用人で、ウィルトシャーにあるという広大な邸宅に夫婦で住み込みで働いていた。それが不幸な事故によって夫人が他界すると、気力をなくして執事の職を辞してしまった。

そんな彼がロンドンの古いアパートの一階で夫人のレシピを元にした小さなカフェを始めたのがこの『赤毛組合』。

そして、亡くなった夫人の人格をできるだけ忠実に再現しプログラムされたのが、この221b専用AIである『ミセス・ハドソン』なのである。

（そう言えばミセス・ハドソンのカメラは寝室にはないって聞いてたけど、なんでシャーリーの起床時刻がわかるんだろう……）

「…………」

思わずいやな想像をしてしまう。

ポリッシュで磨かれた手すりに手を掛け、奥の階段を上がっていると、深煎りコーヒーのいい香りが漂ってきた。私がここを気に入って、できれば結婚するまで出て行きたくない理由の一つは、ミスター・ハドソンが淹れてくれるコーヒーがとても美味しいからだ。朝は決まった時間にミセス・ハドソンが起こしてくれ、二階に下りていくと、たった今淹れたばかりのコーヒーと日替わりの朝食が用意されている。サンドイッチは寝坊して時間のないときは包んで仕事場に持って行けるようになっているのがなんともすばらしい。

朝食がすばらしいと、たとえ昼食をとりそこね夕食が缶詰の豆とコーンビーフだけであっても救われる気がするのは気のせいだろうか。しかし医療に関わる者として、英国の二割以上を占める肥満体にはなりたくないから、朝だけであっても規則正しい食事を摂取できることはありがたかった。

それに、たまにシャーリーと夜中華料理に飽きて『赤毛組合』を訪れると、なにもいわなくてもシャーリーの好きなメニューを出してくれる。コーヒーの香りを楽しむために、ロンドンのカフェでは珍しい店内禁煙。ロンドンでここ以上の下宿を私は知らない。

「ただいま、シャーリー」

二階に着いた。我々のフラットの玄関にたつと、不用心にもドアは開いていた。シャーリーはハドソン夫妻を信用しすぎだ。

「シャーリー、寝てるの？」

室内の空気は完全に停止している。だれかの呼吸の気配はない。

ただ、カウチの上に不自然に浮いたいくつもの青白いホログラム・ディスプレイと、ピッピッという電子音だけが沈黙を乱しているように思える。むろんホロなのでそれらにはフレームも、液晶画面すらない。どこかからバッテリを引いている様子もない。空中にぽつんと浮かんでいるだけだ。どうやらこの家の主であるミセス・ハドソンがシャーリーを管理するためにやっていることらしいが、以前どういう仕組みになっているんだと聞いた際彼女がしてくれた説明が皆目わからなかったので、最近はそういうものなんだとスルーしている。

ひとつはシャーリーの心電図と血圧等を示したもの。そしてもう一つは……

（地図…？）

ホワイトホール近辺の地図、それからハロッズ近辺のガイドマップ。今日のロンドンの天気。外気温、曜日。政府発表記事のみ抜粋した新聞数種……、それからここ三日間のロンドン市場の動向。タブロイド紙面まで広げてあった。

　彼女はいったい何を調べようとしていたのだろう。

（ちょっと体温が低いな）

　ということは、もう一時間以上もあの状態なのだろうな、と推測できる。シャーリーの意識はここにはなく、電脳世界にアクセスしたまま、あの無限の海に深海魚のように深く深く潜り込んでいるのだ。あの状態では当然視力もないし聴覚も一時的に麻痺しているのだろう。

　ミセス・ハドソンはシャーリーのための優秀な電脳家政婦なのだが、こうして見るとシャーリーのほうが巨大なマザーコンピューターの人型端末のように見える。

　私は杖をマントルピースに立てかけると、仕事場近くのスーパーで買ったソックスの入った袋をテーブルの上に置き、夜食にと求めたエッグタルトを冷蔵庫に放り込んだ。

　アフガンで足の甲を敵兵に打ち抜かれて以来、私の日常は常に杖とともにある。もっとも私が彼の地で陥った状況に鑑みるに、足の甲ひとつで済んだのが奇跡であったろう。

　これが手でなくてほんとうに良かったと思ったが、それでも長い間立ちっぱなしの外科医としての仕事はみつからず、いまはヘルスセンターでごくふつうの診療の仕事をしている。最近はもっぱら胃腸風邪を患った子供の相手だ。

一人掛け用の椅子に腰を下ろして、私はぼんやりとシャーリーの心脈が描き出す波を見ていた。この部屋のインテリアは私が入居してきたときにはすでに揃えてあったので、寝室以外に私の趣味が反映されているところはない。大きな窓が二つあり、そこにかかっているカーテンも年代物で、ロンドンに多くある築百年以上の石造りの家にふさわしいクラシックな重厚感をそなえていた。キッチンはやや近代的で、驚くことに冷蔵庫もランドリーも最新式のもの。食洗機まで備わってある。ちなみに私の部屋はこの上だ。

シャーリーが起きる気配はない。

時計を見るともう午後七時近かった。今日は非常勤医の仕事が早番だったというのに、なんの収穫もないまま一日が終わってしまったことに、私は非常に残念さを覚えた。せめてこんな日はお酒が飲みたいものだ。

(安いワインでも買ってくればよかった)

もう一度出るのもおっくうだが、キッチンのありとあらゆる場所を探してみてもアルコール類のストックはなかった。こうなるとお酒を飲まなければ人生負けだという気さえしてくる。

コーヒーはやめだ。出かける際に一階に寄って、オーダーをキャンセルしないと。

私は、カウチの上で百年眠り続けるヴァンパイアのごとく身じろぎしない彼女に声をかけた。

「シャーリー、帰ったばかりで悪いんだけどちょっと出てく――」

「必要ない」

ようやく声がした。

私は視線をカウチのほうへ投げた。あいかわらずシャーリーは霊安室の遺体そのものだったが、唇だけが動いている。

「まったく行く必要はない」

「……もしかしてワインがあるの？」

「ない」

ふいに彼女の上に浮かんでいた青白いホログラムのディスプレイが消える。

「なあんだ。じゃあ買ってこなきゃ」

「いま、それはジョーの人生に必要ない」

言うと、いきなり両手を真上につきだし、そのままのポーズで墓場から起きあがったゾンビのように上体を起こした。私は見慣れているのでなんとも思わないが、初めて会ったときは度肝を抜かれたものだ(初めてバーツのモルグで会ったとき、彼女は遺体袋に入っていた)。

私はもう一度ストールを首に巻き直した。

「……えーっと、シェイクスピアみたいな台詞をどうもありがとう。でも私飲みたいんだけど。もちろんいまから。ううんいますぐに」

「〝いま〟〝すぐに〟」

長く、ゆんわりと巻いている黒髪に縁取られた青白い顔。そして青い目がこちらを見た。シャーリーの目の色は一言では形容しがたい。あえて言うなら、自然色にはないネオンブルー、だろうか。金属イオンがとけ込んだ温泉水というか、およそ温かみのある色ではない。

そして私よりも背が高く、初めて彼女に会ったとき、私は、ああSF映画で宇宙人や超能力者がしている目だなと思ったものだった。

「一本三ポンドの安ワインを〝いますぐに〟求めなければならないことに、君の人生において高尚な意味が？」

監視カメラがピントを合わせるような目で見つめてくる。

シャーリー・ホームズは二十七歳の女性である。職業は、自称〝探偵〟。警察が扱うような事件専門のコンサルタントだと彼女は言う。私立探偵といっても多くの推理小説のヒーローたるような、依頼人が来てその事情を聞き、事件を解決するといったようなたぐいのものではない。彼女にはどうも仕事を請け負うための専門の窓口があり、そこからしか事件を請け負うことはないらしい。

『たとえていうなら、僕は、このロンドンの治安維持システムのようなもの』

連絡を受けてすぐさま現場へ駆けつけようとするシャーリーに、私は足を引きずりながら問いかけたものである。いったいなぜ、警察でもなんでもない君がここまでするのか。ろくに金銭も受け取っていないのに。

それに対するシャーリーの返答が上記だ。あるいは彼女はこうも言った。

『社会組織の欠陥から起こる比較的浅はかな犯罪事件であっても、僕が自分の能力をもてあましてそのほころびを広げる側にいかないようにするにはいい退屈しのぎだ。それに、そうしていれば自分の人生がかならずしも無益ではないとそのつど思い知るよ、実にいい気分なんだ』

特にスコットランドヤードの敏腕女性警部であるグロリア・レストレードからのコールを彼女は決して逃さない。どんな時間にかかってきても、それが彼女の大好物の五段に積み上げたハニーホットケーキにナイフを入れる瞬間であっても、彼女は『My pleasure《喜んで》』と召喚に応える。

けれど、いくら事件が解決したといっても、彼女は警察のみんなでバーに飲みにいったりすることはなかった。少なくとも私と出会ったころのシャーリーは、突然携帯に舞い込む依頼を、ただたんたんと受けては結果を報告したり、レストレード警部と協力したりするぐらいで、専用の居心地のいいガラス瓶の中で、琥珀の中で息絶えた虫のようにひっそりと存在しているだけだった。彼女の日常は、ミセス・ハドソンの電子ボイスで起こされ、ミスター・ハドソンの淹れたコーヒーで目を覚まし、その後は頼まれた事件を解決するために現場に出かけるか、私と出会ったバーツの研究所で蜂の遺伝子の研究をするか、それともアパートの屋上にある蜂の巣箱の世話をして（そして研究と称して蜂の巣の前でヴァイオリンを弾きまくるか）、蜂の巣のブロックを攪拌機の中にほうりこむか、どれかしかなかった。

もちろん私としてはそのような彼女の非常識な日常に異議を唱えずにはいられなかったし、彼女に請われて現場に同行するようになったあともことあるごとにケンカをした。彼女のあまりにも世間知らずな箱入りぶりにうんざりして何度目かの家出を試みたこともある。その家出先で、私とシャーリーは心ならずもあの新聞の一面を騒がせた『バスカヴィル家の狗』という、名門バスカヴィル家に何百年ものあいだ隷属させられている不幸な一族の反逆事件に巻き込まれることになったのだが……

「ジョー。残念ながらそういう運命なんだよ。ワインはなし。今日はそういう運命だ」

「どうしたの、やけに絡むね今日は」

シャーリーは紫色のシルクのガウンを着て、M&Mのぎっしりと詰まった大きなジャム瓶を手近な場所に据え、昨日まで研究していたらしい新聞となにかの論文の束をくしゃくしゃと山のようにそばへ積んでいた。あんなに没頭していたというのにもうその関心はそこへはないらしく、なにかべつのことに心を奪われている。

「君がお酒が飲みたいと切望しているところをすまないと思う。しかし今日はみんながそういう運命なんだよ。これがごくふつうの依頼なら君の三ポンドの楽しみをわざわざ奪ったりしない。最初に社会の俗悪さにさいなまれた誰かが事件を起こし、優秀なるレストレードを頼って、彼女が次に僕を頼る、そして僕が君に頼るという順序だ。だけど今日はそんなんじゃない」

これは運命なんだ、と繰り返す。

シャーリーはそう言うと、ひどく難しい顔をしてまた黙り込んでしまった。その様子があまりにもいつもの彼女とは違うので、私は少々心配になった。

私は諦めて、シャーリーの勧めるままに、いつも彼女がとぐろを巻いているカウチに向かい合った肘掛け椅子に座った。

「運命なんて、君の口から出てくるとは思わなかった。どうしたのいったい。事件でも起こったの？」

「事件じゃない運命だよ。……いや、事件とも言えるな。こうなる運命だったとしか思えない。ともかく君は今日仕事がはやく終わったのでイーストロンドンへ足を伸ばした。冬物のジャケットかぱりっとしたトレンチコートを買うつもりだった。職場の仲間に新しいジャケットを買ったことを自慢されて、そうだ私も医者なんだからいつまでも大学のロゴの入ったジャージを部屋着にするのも、アフガンまで持って行った色あせてファスナーの壊れたままのピーコートを着ているのもはずかしいと思い、いま流行のショーディッチに向かう。あそこはもともとインド系の下町で物価も安いし、ちょっとこじゃれたファッションブランドのアンテナショップも増えてきているから、きっと手頃な服が手にはいるだろう、そう思った」

「えっすごい、どうしてわかったの⁉」

もはや頭の中から半分酒を買いに行こうと思っていたことは飛んでいた。私はシャーリーの座っているカウチに歩み寄り、彼女が視線を合わせてくれるのを待った。

「なんだってわかってる」

「それは知ってる。だからその根拠は？」

「言わない」

「そんな」

「……言うと、ジョーは『なあんだ』ってバカにしたみたいに言うから言わない」

いつも女優のエヴァ・グリーンが演じているアンドロイドのような顔が、だだっ子のようにぷうとふくれるのがおかしくて、私は言った。

「言わない、言わないよ。だから教えて」

「本当に言わないね？」

何度も念押しして、シャーリーはカウチの上でとぐろを巻いたまま、

「今日君が靴下を買ってきたドラッグストアは、仕事場のヘルスセンターから見てことは逆の方角だ。帰り道に立ち寄る場所じゃない。だから仕事を終えた君はどちらの方角に向かったかはわかる。君が上着を気にしていたのは、今朝ミセス・ハドソンのモーニングコールを聞いて叫んだから。——たしかこうだ『うそ、そんなに寒いの、いやだ！』そうだったねミセス・ハドソン」

『おっしゃるとおりです。シャーリーお嬢様』

　優しげなハウスキーパーの声がこだました。有能この上ない完全無欠の電脳家政婦ことミセス・ハドソン。この221bの真の主。

「ミセス・ハドソン、今朝、ジョーにかけた言葉を再生」

『承知しました《My pleasure》。

――おはようございますジョー様。十二月一日午前七時、今朝のロンドン外気温は摂氏八度、本日の予想最高気温は十九度、湿度は四十四パーセント。くもりです。帰宅が日没時になるようでしたら厚手のコートとマフラー類をご持参ください。

…以上です』

　うんうん、と私は頷いた。たしか寝ぼけていたがそのようなことを言われた気がする。

「これからアフガンから帰国して最初の冬、そう沢山衣料ももっていないはずだ。君は新しい上着が欲しくなった。イーストロンドンへ出かけ、セレクトショップをいくつかのぞいたがあまりの高さに手が出なかった。結局ドラッグストアでソックスだけを買って帰宅した。君のわびしい財布の中身で買えそうな上着ならチャリティバザーをのぞくかeベイを利用するしかないだろうが、君はめったに古着を買わない。理由は自分で繕い物ができないからだ。たかだか爪を切るのを怠って靴下に穴が空いただけだったのに、君は自分で繕わない。裁縫が苦手だから。外科医なのに。だから古着を買ってもし何らかのダメージがあっても自分で着られないので用心しているんだ」

「どうして古着を着ないって」

「君と一緒に暮らし始めてから四ヶ月、君がバザーに出かけるのを見たことがない。ネットオークションの郵便物で服を買うのも。いつも質のいい古着よりユニクロかZARAだ」

そういうシャーリーは、家の中では紫色のシルクカシミアガウンを着ているか、白のスリップ姿だ。夏も冬も朝も夜もこの姿なので、私はたまに季節を見失う。

もっとも、シャーリーの普段着は、たとえそれが新品ではなくブリッツロンドンのヴィンテージショップに並んでいても、私のお給料では手が届かないだろう。彼女のよく着ているシンプル無地の黒ニットワンピースはボッテガヴェネタだし、細身のパンツはバレンシアガだ。いったいだれのチョイスかというと、彼女の姉らしい。政府機関に勤めるお役人さんであるシャーリーの七つ上の姉は、ストレスが溜まるとボンドストリートで買い物をし、しかし自分はもうたっぷり服を持っているので妹のところに送りつけてくる。

わが221bにあり得ない量のブランド品が届くと、それはホームズ姉が政府の中心で雄叫びを上げていることを意味するのだ。つまり英国の危機だ。

その、姉からのプレゼントというよりはストレス解消の副産物である高価な衣服を、シャーリーはまったく気にすることもなしに次々に着倒している。フラットに備え付けられた洗濯機はほぼ私だけが利用している状態だ。シャーリーの下着はシルク製品も多いので、ほとんどがランドリーサーヴィスである。まったく信じられない。

私のスクールの友人も、大学時代の友人もここまでリッチな人間はいなかった。医者を志すとはいえ、医療奨学金を受けてかつかつに生活している苦学生ばかりであった。リッチな人間は自然とそういう者同士で集まるから、私はまさかこの歳になって下着をクリーニングに出す人間と同じ部屋をシェアすることになるとは夢にも思わなかったのだ。

(たしかにベイカー街はロンドンでもいい場所だけど、どうせ住むならメリルボーンにでも住めばよかったのに)

床に脱ぎ散らかされたシルクの下着を一瞥しながら私は思う。

「まあ、私の行き先が看破された理由はわかったよ。いつもシャーリーの答えを聞くと、なんだそんなことかって思うしそれくらいなら私でもできるんじゃないかって思うけど、実際はそうじゃないんだよねえ」

私はストールをほどいた。部屋の中は思ったより暖かく保たれている。これもミセス

・ハドソンの仕業だろうか。

「ついでに、急に酒が飲みたくなったのは、感謝祭はどうしたとか、クリスマスは一人かとかそういうシングルを悲観するような出来事が職場であったからだ。たぶん同僚の結婚。しかも自分より年下の」

どきっとした。私が絶句したことをイエスととらえたのか、シャーリーは満足そうに軽く頭を振った。

「今までは戦地にいたから一人で感謝祭もクリスマスも過ごさずにすんだ。家族といっしょに食事できないのは自分だけじゃなかったからね。君は早くに家族を亡くしたせいか結婚願望も強いし、周りに人がいないとすぐに寂しがる。うっとうしいと思いつつリバプールの叔母にカードをかかさないのはこの世で血縁が彼女しかいないから。そもそも医者を選んだのはハイスクール時代にあこがれていた先輩が医大に行ったからで、アフガンを志願したのも同じ奨学金を受けていたボーイフレンドが先にアフガンに行ったからだ。だけど彼が鬱病になって早々に帰国してからは、クリスマスのためにすぐに現地の将校と……」

「あー私の半生をまとめてくれてありがとう。でももういいから」

ウィキペディアを音読する合成ボイスのようなシャーリーのご高説を手で阻む。

「で、なにが運命って」

「そう運命。君が僕と出かけること」

「出かけないんじゃなかったの？」

「ジョーが一人で出かけないという意味だ。ああ、もうこうやって思い悩んでもしかたがない。君は僕といっしょに来るんだ」

シャーリーは立ち上がる。五フィート七インチのシャーリーは私より背が高い。彼女は早足でキッチン奥の自室へ戻り、クローゼットからいつもの白シャツ、ニットのセーター、黒パンツをもってきた。そうしてまるで私がそこにいないかのように勢いよく下だけの下着姿になり、

「ジョー、ブラジャー」

「はいはい」

このお嬢様は、なんと私が指摘するまでブラをしたことがなかったらしい。後ろに腕を回してホックをとめるという技がなかなか自分ではできず、私の出番となる。

「できたよ」

ブラが留まったと思ったらあっという間に着衣する。この間二分。ブーツに勢いよく足をつっこんだ。

シャーリーは処女雪のように真っ白なウールコートを着込むと、いつもたくさんの道具が放り込まれているショルダーをたすきがけにかけて、行こう、とドアを開けて振り返った。

「なんなの」

「来ればわかる」

慌てて私は後を追った。

＊＊＊

ロンドンオリンピックが終わったというのに、街中にはいつもより多くの英国旗がはためいていた。行き交う人々の服がやけに目を刺す。明るいブルーやピンク、なにより赤が目立つのが気になった。私は心理学は専門ではないが、不況になると派手な服が流行る、とりわけ明るい色彩を求めるということは知っていた。娯楽もそうだ。深刻なメロディはなりを潜め、あっけらかんとしたヒップホップやラブソングが大人の街ソーホーにまでかかっている。

「ナイツブリッジへ」

キャブを止めて中に乗り込むと、シャーリーが行き先を告げた。私は少なからず驚いた。ナイツブリッジのあるチェルシー地区はロンドン有数の高級住宅地で、あのハロッズなどの高級店が建ち並ぶストリートだ。あそこを歩くのはほとんど観光客で、ロンドンっ子はめったにうろつかないし用もない。

「ね、どこへ行くの。何しに？」

「困ったことに、姉が君に会いたがってる」

「お姉さん？」

あの、いつも国家の危機にブランド路面店で衝動買いをしてはうちに送ってくる国家公務員の姉か。

「行けばわかる」

「なんで困ったことなの」

「……、どうして私に会いたがってるって？」

「僕と四ヶ月も一緒に暮らして根をあげず、まだ続きそうだからだろう」

二十七にもなるのに、同居人になるのに姉の面接がいるのかとうんざりしたが、彼女があのフラットの真のオーナーだと聞いて納得した。

「ミセス・ハドソンはマイキーがプログラムした」

「マイキー?」

「ミシェール・ホームズ。僕の七つ上のほうの姉」

「お姉さん、二人いるの」

おや、と私は思う。シャーリーとはこの四ヶ月間随分話をしたし、彼女の特異な性格についても理解を深めたつもりでいたが、彼女が親類関係やら、または自分と家族の関係などを口にするのを聞いたことがない。ましてや自分からすすんで（というふうには見えないが）姉に会わせようとするなどとは。

「一番上の姉はウィルトシャーで実家を継いでいる。もっともホームズの資産運用はマイキーがやっている」

「ああ、じゃあああの221bも管理不動産のひとつってわけ?」

「あれはマイキーのただのノスタルジック」

なんでもお姉さんが大学のときに下宿していた部屋らしい。マナーハウスまで所有するホームズ家の娘のくせにほぼ大学時代は勘当同然で、ローズ奨学生だったというから驚きだ。英国政府の官僚になるはずである。

その後、大人になった〝マイキー〟はあのアパートのオーナーになり、管理を元執事のミスター・ハドソンに任せた。大学を出てからも働かず、日がなアパートの屋上で養蜂にいそしむだけの妹を心配してあそこに住まわせたはいいが、妹の奇行のせいで空いている部屋が埋まらない。

初めて彼女に会った日、あれは忘れもしないロンドンオリンピックが毎日のようにローカルチャンネルで放映されていた時——、あれだけ熱心に私をシェアメイトに誘ったのは、ミスター・ハドソンが体をこわし今後医療費がかなりかかるだろうことをシャーリーなりに考慮してのことだった。ミスター・ハドソンの収入はカフェの売り上げとあのアパートの家賃収入なのである。

「それでチェルシーなんかに住んでるんだ。ただの公務員が住める場所じゃないものね」

ホームズ家もチェルシー地区を開発してぼろもうけしたカドガン伯爵家同様、ロンドンにいくつもの不動産をもっているのだろう。

「できれば、君を姉に会わせたくなかった」

めずらしく、シャーリーが浮かない顔をする。彫りがくっきり深い顔だちのせいで、まぶたが重たげだとさらに目元が暗くなる。

キャブが停まった場所はちょうどハロッズを通り過ぎたあたりで、私とシャーリーは観光客の間を縫うようにしてストリートを急いだ。すらりと高い痩身を軍服チックなコートで包み、女優のエヴァ・グリーン似の美貌の彼女を振り返る人間は多かったし、その気持ちはわからないでもない。

「元々はノーサンバーランド大通りのところ、グランドホテルの裏にあったんだけど建物が老朽化してね。結局いい移転先が見つからなくてここになった」

「……ふ、うん……」

「ほんとうはマイキーはハーレーストリートに作りたかったんだ。女が作るクラブならあそこがふさわしいと言って。ペルメル街はオス臭い」

「えっ、クラブ。今から行くところってクラブなの？」

思わずダールストーンに立ち並ぶクラブハウスを思い浮かべてしまうが、シャーリーは否定した。

「〝ディオゲネスクラブ〟」

「……ディ、なに？」

「こっちだ」

プロンプトンロードからガーデンのほうへ少しばかり入ったところに建っていた美術館風の建物に向かって、シャーリーは砲口を定めた戦車のように重厚に進んでいった。

もう夜も更けてせっかくの緑もどす黒く景観はまったく楽しめないが、この辺りは緑と博物館の多いいい場所だ。

「ジョー。ここではルールがひとつだけあって、絶対に言葉を使ってはいけない」

「えっ、どういうこと」

「英語もフランス語も、ありとあらゆる言語が否定される。バベルが崩壊した直後の混沌こそ戦争の起源だろう。だからここでは言葉は悪しきものとされる」

「じゃあ、いったいどうやってお姉さんと面会をするわけ」

ポーターに名前を告げるとドアが開かれた。シャーリーは何の躊躇いもなく奥へ奥へと入っていく。かすかに香りの付いた蒸気が鼻をかすめたことを私は感じていた。部屋を進むごとに空気が濃くなっていくような気がする。

シャーリーに続いて部屋に入ろうとすると、彼女に目で咎められた。あっちの部屋へ行けと指をさされる。なにがなんだかわからないまま、私はスタッフの女性に連れられて支度部屋らしい小部屋に案内された。しゃべってはならないという規定上からか、女性もなにもいわず、ただ完璧で親しみやすい営業スマイルを浮かべて私を見た。

「あの……」

思わずここはどこなのか、と聞きかけて、女性が口元に人差し指をもっていくのにルールを思い出す。すると、女性が両手を広げるようにジェスチャーした。なんのことかわからないまま指示通りにした。すると、女性はおもむろに私の背後へと回り、着込んでいたパーカーをずるりと取り去った。

「えっ」

続いて、目にもとまらぬ早業でシャツのボタンがすべて外されたかと思うと、同様に腕がぬかれブラジャーのホックも外された。やけにすーすーするなと下を見れば、すでにGパンは足下に落ちている。思わず悲鳴をあげそうになった私の口に、女性がおおきく手で蓋をした。私はここでのルールを再び思い出した。

女性は入ってきた方とは違うドアを指さした。そうしてようやく私はさきほど私の鼻先をくすぐった蒸気や甘い香りの正体を推測することができた。かすかに水音がする。

（まさか、温水プールなの）

だとしても、裸で入るというのはおかしい。トップレスが原則のビーチというのは聞いたことがあるが、会員制というからにはここも同様なのだろうか。それにしたって悪趣味である。

（いったいシャーリーはどういうつもりで……）

物腰は柔らかだが視線はキツい女性スタッフに背中を押されるかたちで、私は湯気が流れてくるドアの向こうへ足を踏み入れた。開けたとたん、思った通りわっとこだまする水の音と蒸気が私の聴覚と視覚を奪う。

湯気がゆっくりと下降し、やわやわと開けていく視界の中ではっきりと浮かび上がってきたのはグリーンだった。名前は知らないがいかにも南国風の背の高い植物がそこかしこに見られ、まるで熱帯の植物を収集した温室に足を踏み入れたようである。

ぼうっとつっ立っていると、一人の裸の女性が私の前に立った。そこへ行けと指をさす。巨大な六角形の大理石だ。どれくらい大きいかというと、高さは私の足の付け根まであり、大きさは私の身長の倍はあるだろうというほど。薄いグリーンとオレンジの混じり合った大理石は驚くほど暖かかった。その大理石をとりまくように六本のギリシャ風の柱が立っている。柱だけではなく、そこかしこに見られる内装はアテネの神殿を思わせた。きっとギリシャの遺跡に南国のグリーンとサウナを持ち込んだらこのような景色になるだろうと思われた。

そして、私はこの風景を知っていた。

（ターキッシュバスだ！）

オールドストリート駅の近くにあるトルコ風呂に私は通っていたことがあったので、その巨大な大理石を見てすぐにピンときた。なるほどこのロンドンには昔からトルコ風呂の施設がいくつもあり、今でも高級ホテルの一角にサウナを兼ねたトルコ風呂があると聞いていたがここもそうらしい。ということは、この女性はあかすり師《ケサジ》だ。人肌以上の温度に暖められた石の上にうつぶせで寝ころぶと、あかすり師が私の腕をこすり始めた。すぐにじっとりと皮膚が汗をかいてくる。あまりの心地よさに私は、なぜ自分がこんなところに連れてこられたのか、シャーリーはどこに行ったのかはどうでもよくなり、石の上に頬をつけてうとうととした。この、すぐに状況に流されるのは数ある私の悪癖の中でも、他人によく指摘されることなのだが、どうも私は目の前にどんな受け入れがたいことが突きつけられても、意外とあっさり受け入れてしまう。そして、受け入れすぎる。

その時も、私のなけなしの警戒心はケサジの巧みなトルコ式マッサージとサウナによって早々に白旗をあげていた。約三十分ほど私は体中をもみほぐされ、最後は髪の毛まで丁寧にシャンプーされ、体中にいいにおいのするバターミルクを塗りたくられて、別の部屋へと案内された。

ああ、ロンドンにこんな極楽があるなんて。ここがヴィクトリア・ベッカム御用達と言われても不思議ではない。手渡されたソーダ水が最高に美味しかった。

「自白剤入りよ」

私は盛大にソーダ水を吹いた。

「なっ、ぶっ…げほっ…ゴホッ…」

自分しかいないと思っていた空間に、突然声がかかったのだから、私がいかに驚いたかわかってもらえるだろう。さらに驚愕すべきことに内容が内容だった。

「嘘よ。どうぞお好きなだけお飲みなさいな。薬を使うほどせっぱ詰まってはいないつもり」

私は、声の主を目で確かめてから、そういえばこの声もシャーリーに似ていると思った。声も、というのは、自己紹介を経ずとも目の前に座っている人間の正体に予測が付いたからである。

長い黒髪はシャーリーよりは焦げ茶色に近く、瞳は同じ青でもやや薄い。たとえて言うなら顔の造作はやっぱりエヴァ・グリーン似だが、雰囲気が圧倒的にレイチェル・ワイズ。つまりド迫力美人。

（シャーリーに似てるなあ）

だが、決定的に違うのは少しも隠そうとされていない豊かなバストだ。私の知る限りシャーリーはBカップの域を出ていないから、彼女たちの両親はグラマーとそうでない家系のかけあわせなのだろう。

「貴女が〝マイキー〟？」

「お初にお目にかかるわ。ジョー・H・ワトソン。ご足労さまね。ところで最近の〝ドイツ〟とわが大英帝国の様子はどうかしら」

「ああ、えーっと、〝ドイツ〟のほうは、最近〝ギリシャ〟の冷え込みで活動がやや鈍っているみたいです。大英帝国のほうは言わずもがなですね。ロンドンオリンピックのおかげで随分植樹もされたのに、たいして生産性は上がっていないみたいですね」

ちなみに私が話しているドイツとかギリシャとか大英帝国とは国家のことではなく、221bの屋上でシャーリーがそれぞれの国歌をヴァイオリンで聴かせながら飼育している蜂の巣箱のことである。

マイキーはトルコのスルタンのように、女性マッサージ師に足と肩を揉まれながら色の付いたソーダ水を口に含んでいた。自分も同じすっぱだかであるというのに、私はそのことも忘れてしばし見入ってしまった。長身グラマー美人の生まれたままの姿というのは、同じ性であってもそうそうはお目にかからないものなのだ。

「ここはしゃべってはいけないのでは？」

「扉の向こう側まではそうよ。いらないでしょ、スパで言葉なんて」

「ここは貴女だけのクラブ？」

「普段は百人くらいいる会員が好きに利用しているわ。私も五時十五分前から八時二十分ごろまではここにいる」

私に会いたくなったら来て、とウインクされて絶句した。なるほど、ここはマイキー行きつけの高級スパということらしい。

「ジョー、あなたがシャーリーと暮らし始めてから四ヶ月経つけれど、まだ221bにいるというのが不思議でね。私のことは聞いている？」

「シャーリーあての郵便物のほとんどは貴女からということなら」

私が、彼女にまとわりついている二人のマッサージ師にちらっと視線を向けるのを、マイキーはめざとく見定めた。

「この娘たちは生まれつき耳が聞こえない。安心して」

「！」

「ここにいるスタッフは全員そう。きわめて平等な空間よ。もっとも読唇術ができるかどうかのテストはしていないから、下げさせたいときは下げられる」

マイキーはソーダ水の半分残ったグラスを肩を揉んでいた女性に手渡した。それを合図に、二人は部屋を退出していく。

「えっと、シャーリーは？」

「あの娘はここが好きじゃない」

天井から吹き出る熱いミストと保温された大理石の腰掛けのせいで寒くはないものの、初対面の相手を目の前に化粧もせず、服も着ずに話すというのは妙な心地だった。見るからに相手はふつうの人間ではない。なのに、心に警戒心がうまく纏えない。

「なるほど、そういうことか」

マイキーが視線だけで私に続きを促した。

「問答無用で裸にされて、取り繕うこともできない。その上マッサージでリラックスはするし、ずっとこの湿度の高い場所にいたらいやでも頭がぼうっとする。警戒感を抱けなくなる」

「そういう効果もあるわね」

「で、今日はただの保護者面談ですか？　ベイカー街のクラシックアパートを破格の値段で貸してくれるのに理由があったということなのかな」

「あら、あなたにあの娘の面倒を見てくれなんていうつもりはないけど」

「それはよかった。シャーリーはもっと自立するべき」

「たとえば？」

相手がなにを求めているのかわからないまま、私は思ったとおりのことを述べた。もともと腹芸は苦手だし、こんな状態であれこれ頭を使ってしゃべれるほど器用でもない。

「日がな一日、蜂の巣箱の前でモーツァルトを弾いてどうやって生きていける？　彼女がやっている仕事は貴女が与えたものみたいだけれど、彼女は賢いし、意外に優しいところもある。もっと門戸を広げていいんじゃないかな」

「具体的には？」

「……うーん、たとえばホームページを開いてお客さんを受け付けるとか。貴女が割り当てる仕事は凶悪犯罪ばかりだけれど、彼女はもっと身近で人間くさい事件も手がければいいと思う」

「あのシャーリーに浮気相手を探させたり、迷子の猫を追わせたりするの？」

「それは彼女の好きにしたらいい。でも、今のままじゃ人生に対して受動的すぎる」

　マイキーの綺麗な喉がククッと動いた。

「あの娘のスクール時代を思い出すわ。寮に何度も呼び出されて話を聞いた」

「どんな話を？」

「〝団体行動ができない〟〝協調性がない〟それから〝聞かれてもいないことをしゃべるのはマナー違反〟」

ああ、と息を吐く。

「でも、あの子がもっと一般的な職をもつということに反対はしないわ。きっとジョー、あなたがそのサイトとやらを作って窓口をやってくれるなら、妹は喜んで一般的で俗悪的な日常の謎に身を投じるでしょう。私が彼女に与える機密度の高い事件ではなくね。そのほうがあなたも書きかけのティーン小説のネタになるんではなくて？」

噎せた。自分の身辺などとっくに調べられているとは思っていたが、そんなところまでチェックされていたとは。

「ど、どうして書きかけって……」

「ミセス・ハドソンは優秀なの」

「…………」

たしかに私は彼女との出会いから恐ろしい連続殺人事件が解決にいたるまでの過程を『緋色の憂鬱』と題して小説にまとめつつあったが、まだどこにも公開してはいなかった。

（きっと仮アップするためにネットにつないだところを、ミセス・ハドソンに侵入されたんだ）

「ジョー。私はあなたに会うまで、あなたはシャーリーにとって教師か、それとも主治医になるかと思っていたの」

「アスピリンと免疫抑制剤のためですか」

「それもあるわ。あの子の心臓は三つ目なのよ。ミセス・ハドソンは優秀だけれど、そばにお医者様がいてくれるにこしたことはないわね」

「私は移植も循環器も専門外ですよ」

シャーリーが今までに移植手術を受け、毎日プレドニン、シクロスポリン、ミコフェノール酸モフェティルの錠剤を摂取しなければならないことは、同居をはじめた時に聞いた。あの青白く肉付きの悪い体は彼女の生活スタイルのせいではなく、幼い頃より薬漬けのためであることも。

「でも主治医じゃあないわね。あなたはとってもユニークでラブリーなあの子の〝通訳〟」

「通訳？」

「あの子の存在を都合良く一般的に翻訳してくれるという意味よ。あなたの小説を読むと、あの奇妙な天使ちゃんの行動がエキセントリックだけど魅力的な探偵そのものに思えてくるから不思議」

「…………」

「でも、あなた達二人の性別を変えて、シャーロック・ホームズとジョン・ワトソンの事件簿として発表するっていうのはいいアイデアだと思うわ。そのほうがブロマンス的でうけるでしょうね。すごく」

「………………ど、どうも」

この妖艶な美女にあんなクソなティーン小説を読まれていたのかと思うと、サウナの中なのに冷や汗が出そうだった。

「それで、私は通訳として合格なんでしょうか」

マイキーは、足を組み替え、首を少しかしげた。

「私をわざわざここに呼び出したのは、そういうことも含めてシャーリーのフラットメイトとしてふさわしいかどうかの面談では？」

「面談されたのは私のほうだったけれど、ジョー先生」

ここに至ってもなお、私はシャーリーの姉がどういうつもりでいるのか、これから自分がなにを言い渡されるのかまったく予測が付かなかった。

「私の身辺調査なんてとっくに済んでるんでしょう。軍にいたときの賞罰も。なにしろ貴女はシャーリーが言うには政府の高級官僚で、何一つ知らないものはない英国のマザーコンピューターらしいから」

「ただの下級役人よ。女だからいいようにこき使われているわ。ただほんの少し人より
パソコンに詳しいだけ」

パソコンに詳しい、程度の人間が、あんなクラシックなアパートにSF映画もどきの
電脳家政婦を常設できるだろうか。

「もちろん、うちの天使ちゃんはいろんな意味で免疫のない子だから、あなたのことは
調べさせてはもらったわ。あなたが救った人間の数も、殺した人間の数も」

「外科医で軍医ですから、殺した数のほうが多いですよ」

「そうね。アフガンで六十三人はそれでも多いわ。……ああそれから、ロンドンで一人。

こっちはごく最近」

「…………！」

私は息をするのを忘れた。

そんな私の反応などマイキーはとっくに承知の上だったようで、そのことについて特
に言及はなかった。

「たしかにあなたの言うとおり、私がいつまでも妹の管理をしているわけにはいかない。

順番からいうと私のほうが先に死ぬし、それにこんな仕事に就いているから」

「……この英国で、貴女が知らないことなどなにもない？」

「そうだったら、ここにあなたをご招待してたかしら、ジョー・ワトソン」

なるほど、このスーパー姉上でも見通せない事実が存在するわけだ。

「私はシャーリーの保護者になるつもりはありません」

「賢明よ」

マイキーは立ち上がった。ゆっくりと大理石の椅子を(私にはそれがずっと玉座のように見えていたが)降りて緑色の茂みのほうへ向かった。

「あの子はああいう子だから今まで友人というものをもったことがないの。でも、素直ない子よ。私がそう育てた。…もし、手を焼いて言うことを聞かないことがあったら、魔法の言葉をかけなさい」

「魔法の言葉?」

「〝祖国と正義のために身を捧げよう〟彼女は言うわ。My pleasure《喜んで》、と――」

瞬間的に、私はなぜか強烈な反感を彼女に抱いた。

「友人に、そんな言葉は言わない」

「友人になれたらね」

濃い緑色の森の中に、シャーリーよりも肉感的で色づいた肌が消えた。私はその場にうずくまった。水分はとったつもりであるのに、完全にのぼせてしまっていた。

＊＊＊

私が服を着て部屋から出てくると、すぐにシャーリーが私を見つけて駆け寄ってきた。その顔は迷子の子供を見つけた親のようで、私は彼女がこんな心配そうに私を見つめてくるのを初めて見た気がした。少なくとも、以前捜査で真夜中のロンドンをかけずり回ったときも、犯人に銃口を突きつけられたときも、こんなに心配してくれなかったと思う。

「ジョー！」

シャーリーは体をかがめて大げさに私をのぞき込んだ。

「大丈夫だった？」

「大丈夫、とは……？」

「姉になにか言われなかったか。明日ここにこいとか、引っ越せとか、家を提供してやるとか」

私は笑って手を振った。

「いちおう、君のフラットメイトとしてはギリギリ及第点みたいだよ、引越はない」

「そうじゃなくて！」

彼女はなにかに怯えるように辺りを見回すと、急に私の手を引いてディオゲネスクラブの外へ連れ出した。私を摑む手にものすごい力が入っているのがわかる。

「メイフェアの2-5に来いとは言われなかった？」

「メイフェア？　ううん、なんで？」

ほうっと長い安堵の息をシャーリーは吐いた。

「空いてるんだ」

「何が？」

「だから、メイフェアの2-5が」

「なに、それ？」

「マイキーの妾宅」

噎せた。私は歩道のど真ん中でえずくほど激しく咳き込み、行き交う人に大きく避けられた。

「な、なに……？」

「僕はバーツのモルグで君に会ったとき、同居に最適な人物だと思った。同性で、医者で、僕の心臓が爆弾もちなことを理解してくれる上、細かいことを気にせず順応性が高い。僕の職業への興味はおそらく君の作家としての仕事に有効だろうし、取材先にもネタにも困らないだろう。ヴァイオリンも蜂も特に苦手ではないようだ。その上、マイキーの好みの顔じゃない」

「えっ彼女は同性愛者なの⁉」

衝撃の展開だった。

「いいや両性愛者だ。彼女には七人の情人がいて、月曜日はなにがし、火曜日はなにがしと通う妾宅が決まっている。毎朝この妾宅からホワイトホールへ通勤して、帰りにディオゲネスクラブへ行き、汗を流して愛人の待つ家へ戻る。毎日これの繰り返しだ。そして現在水曜日の家――メイフェアが空いてるんだ」

「ど、どうして空いたの」

シャーリーは本当に聞きたいのかという顔をしたので、やっぱりいいと断った。

「僕の知っている限り、マイキーの現在の恋人は二十一歳のオタクな女学生からサッチャーの友人でフォークランド紛争に行った八十一歳のご老人まで多種多様だ。てっきり水曜日の恋人はこの八十一歳かと思ったが調べてみるといまだにご健在だった。マイキーは時として厳格な禁欲的恋愛も好むので好みを把握することが難しいんだ」

「プラトニックか。まあ、八十一歳のおじいさんとはそうなるだろうね」

「その老人はセックス要員だ。だから金曜日なんだ」

再び噎せそうになった。なにが〝だから〟だ。

顔を赤くしたり青くしたり忙しい私の隣で、シャーリーはひどく陰鬱な表情を作り、

「君が帰ってくる前、僕はマイキーから君をディオゲネスクラブへ連れてこいと連絡を受けた。急いで今日のロンドンの株価、気温、彼女の部下がなにかヘマをやっていないか——たとえば官僚のだれかが汚職で捕まったり、軍の機密が漏れていたり、爆弾テロ予告が届いていないかどうか調べた。なのに本日のロンドンはきわめて平和だ。雹も槍も降らないし王室スキャンダルもない」

「……つっこんで聞いたことなかったけど、君のお姉さん、公務員は公務員でもなにしてる人なの？」

「僕も詳しくは知らないが、マイキーは大きな部署に所属しているわけではないらしいんだ。なにしろまだ若いし女性ということもあって、地位はそう高くはない。ただ把握している情報の量がケタ違いなんだ。ありとあらゆる機関と通じている」

「お姉さんのことを、英国政府のマザーコンピューターだと言っていたけれど、あながち誇張じゃなかったってことか」

「彼女は、Ms. DiE とも呼ばれている」

「ははあ、ほんとに007めいてきた」

私が医者だからわかることだが、DiEとはDiencephalonの略で英語で言うとInterbrain。つまり間脳だ。視床、視床下部、脳下垂体、松果体、乳頭体で構成され、大脳にもっとも近い。

「基本的には多忙を極める役職だ。気まぐれで妹の同居人に会おうなどと言い出す人間じゃない。ひょっとしてジョー、君がなにかの事件の重要参考人なのかもしれないと考えたが、それにしては事件の気配がなさすぎる。奇跡的に市内で交通事故も起きていない。レストレードもきっと定時には保育園に行けるだろう。

……ということは、マイキーは思いがけず暇ができたので、いよいよ水曜日宅の人選にとりかかったのだと推測できる。ディオゲネスクラブでスルタンよろしく好みの女を見繕っていればよかったのに、そこに君を連れてこいと言い出した」

「ちょ、ちょっと待って。じゃああのターキッシュバスは、政府のお偉いさんである君のお姉さんが暗殺の心配もなく人と会えるようにするための場所とか、そういうのではなくて」

「単なる姉の趣味だ」

「…………」

がっくり項垂れた。今頃になって、裸になったのがものすごく損した気分になる。

「でも私はお姉さんの好みではないんでしょ」

「そうだ」

シャーリーは真面目な顔をして頷いた。

「君はマイキーの好みとは違うけれど、なにしろあの博愛主義者のマイキーのことだ。僕が彼女の趣味を完全に把握しているとは言い難い。確かに君はいろんな色が混じってそうな赤毛に珍しくもなんともない茶色の瞳で背も低く、手足も短くて体型のキープに苦労している。知能は人よりほんの少し高いかもしれないが、いまのところそれを有効活用できているかというとはなはだ疑問だ。特殊な技能や高尚な趣味をもっているわけでもなく、語学の知識も貧困で音痴で声も汚い。まったくマイキーの好みになりうる要素が見られない」

「ちょっと」

「だけど、たったひとつだけマイキーの嗜好に合っている要素があるとすれば、君がきわめてビッ……」

「もう黙れ」

電子版の使用説明書のようにただ事実を読み上げるシャーリーの口を手で塞いだ。

「ジョー。本当にメイフェアへ来いとは言われなかった？」

「ないよ」

「じゃあ、マイキーはなんのために……」

「さあ。心配になったんじゃないの。かわいい〝天使ちゃん〟が」

　シャーリーが歩きながらこちらを見ているのがわかった。美しいネオンブルーのカメラアイが私にズームを合わせてくる。

「君が、あそこで姉となにを話したのか興味深い」

「たいしたことじゃないよ。これからも居心地のいいフラットで生活したいなら、君の良き通訳たれって話」

「通訳？」

「ほら、時々君の言ってることをヤードの連中は理解できてないでしょ。私も自分なりに理解し直さないとアウトプットできないし」

「確かに君が僕らの性別を逆転させて書いているブロマンス小説はとても読みやすい」

「………ミステリ小説だよ」

　まさかシャーリーにまで読まれているとは思わず、無言になってしまう。

「とにかく、今度君のお姉さんに会うときは服を着てお願いしたいね」

「服を着ているマイキーは人殺しの命令しかしないが」

「……ハダカのお姉さんでいいです」

そのとき、シャーリーの左耳に埋まっているイヤホンが軽く振動した。誰かから彼女の携帯に連絡が入ったのだ。

「レストレードだ」

同時にシャーリーはため息した。

「またビリーを保育園に迎えにいってくれって」

「ロンドンは平和なんじゃなかったの？」

「ロンドンは平和でも、ヤード内でテロは起こる。いまグロリアはトバイアス・グレグスンとかいう無能な男が直接の上役になったせいでストレスの塊だ。彼女が本気を出してグレグスンをロンドン塔送りにするまでビリーは221bで夕食を食べることになるだろう」

「うへえ、早く内戦が終わりますように」

「ミセス・ハドソン。保育園に寄って帰るから、ビリーのための夕食と日本のパンのヒーローアニメーションを用意」

私はベイカー街への戻り道を早足で歩きながら言った。

「ところで、運命的にメイフェアへ呼ばれなかった私は、今日のためにワイン買って帰ってもいいよね」

シャーリーは私より一段高いところから彼女にしてはやや弾んだ声で言う。

「ご相伴にあずかれるなら、喜んで」

そういう喜んでは嫌いじゃない、と私は思った。

「シャーリー・ホームズと緋色の憂鬱」

扉絵ギャラリー

雪広うたこ

ミステリマガジン 2013年4月号より

ミステリマガジン2014年4月号より

ミステリマガジン2014年5月号より

ミステリマガジン 2014 年 7 月号より

本書は二〇一四年七月に早川書房より単行本として
刊行された作品を文庫化したものです。

著者略歴　1976年兵庫県生，作家　著書〈トッカン〉シリーズ（早川書房刊），『剣と紅』『カーリー』『カミングアウト』『メサイア　警備局特別公安五係』他多数

HM=Hayakawa Mystery
SF=Science Fiction
JA=Japanese Author
NV=Novel
NF=Nonfiction
FT=Fantasy

シャーリー・ホームズと緋色《ひいろ》の憂鬱《ゆううつ》

〈JA1257〉

二〇一六年十二月二十五日　発行
二〇二四年　八　月二十五日　七刷
（定価はカバーに表示してあります）

著者　高《たか》殿《どの》円《まどか》
発行者　早川浩
印刷者　矢部真太郎
発行所　株式会社　早川書房
郵便番号　一〇一 - 〇〇四六
東京都千代田区神田多町二ノ二
電話　〇三 - 三二五二 - 三一一一
振替　〇〇一六〇 - 三 - 四七七九九
https://www.hayakawa-online.co.jp

乱丁・落丁本は小社制作部宛お送り下さい。
送料小社負担にてお取りかえいたします。

印刷・三松堂株式会社　製本・株式会社フォーネット社

ISBN978-4-15-031257-2 C0193

本書は活字が大きく読みやすい〈トールサイズ〉です。